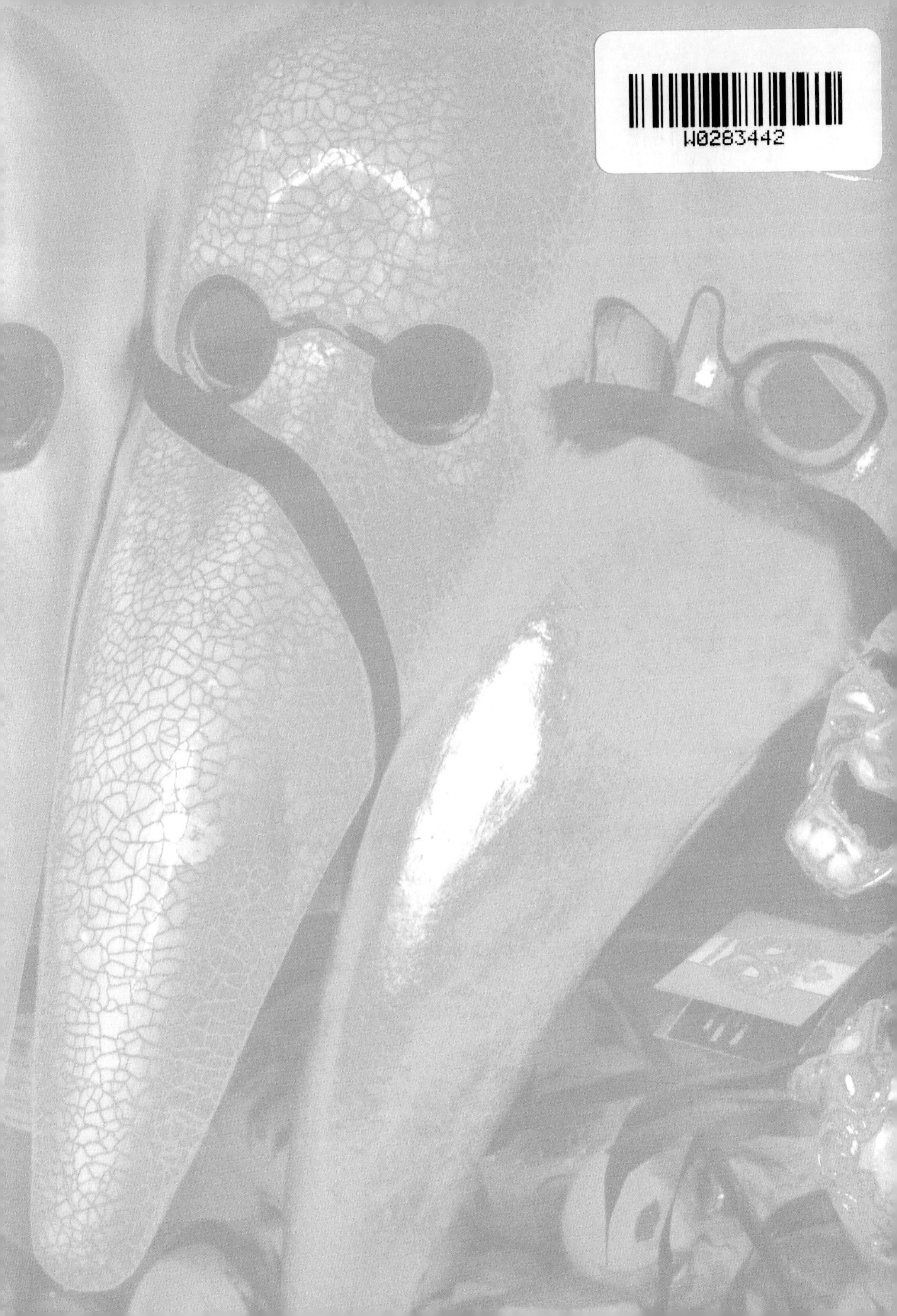

Helena Julian

Auf den Spuren von Dan Browns ›**INFERNO**‹

Thriller-Schauplätze in Florenz, Venedig & Istanbul

books&friends

Inhaltsverzeichnis

DAS RÄTSEL VON SAN MARCO: SCHAUPLÄTZE IN VENEDIG 106

Auf eigene Faust: Per Boot vom Bahnhof Santa Lucia zum Markusplatz 147

SHOWDOWN AM BOSPORUS: SCHAUPLÄTZE IN ISTANBUL 154

Dante und Dan: Zwei Schreiber erfinden das Inferno

INFERNO: NICHT IRGENDEIN THRILLER

DER 14. MAI

Dante Alighieri – sein Leben liegt so lange zurück, dass man es heute kaum noch korrekt datieren kann. Zwischen den 14. Mai und den 13. Juni des Jahres 1265 datieren Wissenschaftler den Geburtstag des italienischen Dichters. Genauer wissen sie es leider nicht.

Dan Brown hat sich an den ersten Tag dieser einen Monat dauernden Unsicherheit gehalten und den 14. Mai 2013 für die Erstveröffentlichung seines neuen Thrillers *Inferno* bestimmt. Das ist wahrlich eine große Reminiszenz an den mittelalterlichen Dante Alighieri, aber im Grunde nur angemessen. Immerhin wurde Dante zum Namensgeber seines Thrillers. Seine um 1320 fertig gestellte *Commedia* besteht aus drei Teilen. Sie heißen *Inferno, Purgatorio* und *Paradiso* (Hölle, Fegefeuer, Paradies). Für dieses Stück Weltliteratur wurde der Italiener so berühmt, dass man ihn auch heute, fast siebenhundert Jahre später, noch kennt.

Dan Browns Titelwahl *Inferno* geht also auf Dante Alighieri zurück, und in die Hölle wären auch all jene gekommen, die vor dem 14. Mai 2013 auch nur ein Sterbenswörtchen über den neuen Roman ausgeplaudert hätten.

Aber nicht nur in den USA wurde *Inferno* am 14. Mai 2013 veröffentlicht. Dan Browns vierter Robert-Langdon-Thriller erschien weltweit gleichzeitig in mehreren Sprachen. Das kommt nicht oft vor. Sind doch die amerikanischen Heimatverlage daran gewöhnt, die „eigenen" Autoren exklusiv in der Originalsprache zu veröffentlichen und ausländische Lizenzen später zu vergeben.

△ Rund 200 Millionen verkaufte Bücher zaubern ein entspanntes Lächeln auf das Gesicht von Dan Brown

◁ Florenz verehrt ihn, den streng schauenden Dichter Dante Alighieri

Ja, und noch einmal bediente sich Dan Brown bei Dante Alighieri. Denn der Dichter wurde, soviel weiß man sicher, in Florenz geboren. Italien, Toskana, Florenz! Welch wunderschöne Stadt für einen Thriller à la Dan Brown – macht sich doch Robert Langdon gewöhnlich in imposanten Kirchen beim Pfarrer unbeliebt und jagt in italienischen Taxis durch zu enge Straßen. Nach der Arbeit schläft er herzlich gern in Luxushotels mit antikem Charme – all das bietet Florenz und noch viel mehr. Leider, leider, hat Robert Langdon ja selten Zeit, die Schönheiten der Städte, in die ihn sein Job verschlägt, in Ruhe zu betrachten. Geschweige denn bei angenehmen Temperaturen und meistens blauem Himmel einen hervorragenden Chianti zu genießen. Ist er doch in der Regel auf der Suche oder auf der Flucht, zumindest aber in Eile.

Seinem Schöpfer aber hat Florenz sicher gefallen. Nicht nur ihm persönlich, sondern auch seinem Verlag. Denn die Amerikaner lieben das alte Europa. Besonders lieben sie die großen Metropolen, und wenn sie es sich leisten können, in Ruhe Urlaub zu machen oder ein bescheidenes kleines Ferienhäuschen zu erwerben, dann wählen sie gerne die Provence oder die Toskana. Steuert man zum Beispiel in New York in einer großen Buchhandlung die Reise-

△ *Der Ponte Vecchio*

abteilung an und sucht Bücher über Europa, dann findet man Ausgewähltes: London, Berlin, Paris und Rom, die Provence und die Toskana. Vielleicht noch ein hübsches, blau-weißes Buch über die griechische Ägäis, die für die Amerikaner ein ähnliches Sehnsuchts-Ziel darstellt wie für einen Europäer die karibischen Inseln.

Für die Attraktivität eines Thrillers aber macht es auf alle Fälle Sinn, ihn dort spielen zu lassen, wo die Amerikaner gerne ihre Sehnsüchte stillen. Und da stehen die europäischen Städte mit ihren historischen Stadtkernen weit oben in der Gunst. Wir erinnern uns an *Illuminati* in Rom (Riesenerfolg), *Sakrileg* in Paris, London und, na ja, Edinburgh (Riesenerfolg), und *Das verlorene Symbol* in Washington und kreuz und quer durch die Welt (bescheidener Erfolg) sowie *Diabolus* in Sevilla (Erfolg?). Wir Europäer wissen natürlich über die Schönheit der Stadt Sevilla gut Bescheid – für einen Amerikaner aber musste die erste Frage lauten: Wo liegt Sevilla? Oh, fast in Afrika.

Nun also Florenz. Das ist ein sicherer Griff. Die Altstadt ist ein einziges Freilichtmuseum. Dazu schönes Wetter und diese wunderbare italienische Küche. Was soll denn da noch schief gehen, bitte schön? Der Erfolg von *Inferno* ist so sicher wie das Amen in der Kirche, die Dan Brown ja bekanntlich nicht besonders mag. So brauchte es für die erste Million (verkaufter Auflage in Deutschland) auch nur einen knappen Monat. Und auch um die Verfilmung von *Inferno* braucht man sich keine Sorgen zu machen. Die Sonne wird scheinen und Tom Hanks wird sogar im italienischen Krankenhaus-Nachthemd toll aussehen. Die Ausflüge nach Venedig und Istanbul hätte es da beinahe gar nicht gebraucht. Aber natürlich machen sie die Story ebenso interessant wie die spätere Umsetzung als Film.

Der Todestag von Dante Alighieri ist übrigens ebenfalls nicht exakt bekannt. Es soll der 13. oder 14. September des Jahres 1321 sein. Sicher ist, dass er in der norditalienischen Stadt Ravenna starb. Noch heute wird er in Italien als Nationaldichter verehrt.

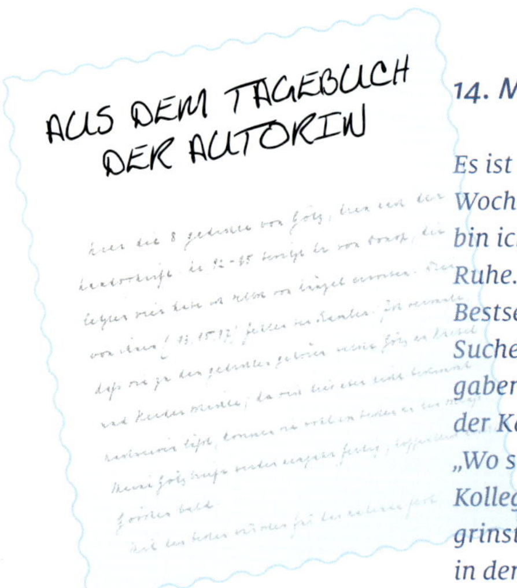

14. Mai 2013, eine Buchhandlung in Deutschland

Es ist soweit, heute erscheint „Inferno". Nachdem man in den letzten Wochen den Eindruck gewinnen konnte, dass die Bibel neu erscheint, bin ich gespannt, was im Buchhandel los ist. Und stelle fest: Große Ruhe. Um 10.30 Uhr betrete ich eine große Buchhandlung, in der die Bestseller immer gleich neben dem Eingang stehen. Ich suche. Nichts. Suche weiter. Und finde an der Rückseite einer dicken Säule acht Ausgaben von „Inferno". Ich nehme zwei aus dem Regal. Als ich an der Kasse warte, höre ich hinter mir eine Buchhändlerin laut rufen: „Wo sind die „Inferno"-Bände, die ich gerade eingeräumt habe?" Die Kollegin an der Kasse ruft zurück: „Die verkaufe ich gerade!", und grinst mich an. Ich grinse zurück. „Wie viele haben Sie denn in der in der ersten halben Stunde heute Morgen schon verkauft?". „Ich habe sie nicht gezählt", sagt sie, „aber es waren schon ein paar." Eigentlich soll man ja Buchhändlern keine Ratschläge geben, aber den kann ich mir nicht verkneifen: „Vielleicht stellen sie mal mehr als acht Stück ins Regal?" „Machen wir noch", sagt sie. Wir durften erst heute Morgen die Pakete auspacken. Im Laufe des Tages machen wir einen Büchertisch. Und wahrscheinlich wird der auch nicht reichen, und wir müssen irgendwann die Stapel auf den Boden stellen."
Wie Recht sie doch behalten sollte.

Die Übersetzer-Werkstatt im Bunker

Die Arbeit eines literarischen Übersetzers muss man sich ungefähr so vorstellen: Das – in der Regel bereits veröffentlichte – Manuskript landet in der Originalsprache auf seinem Schreibtisch. Der Schreibtisch, meist steht er im berühmten stillen Kämmerlein, ist gut gefüllt mit Nachschlagewerken, Lexika, Karten, Recherchematerial, außerdem hilft heute das Internet mit seinen Datenbanken zu Fremdsprachen, Geschichte, Kultur und Traditionen ungemein. Nach ein paar Wochen einsamer Arbeit und vielen Kannen Kaffee ist der Übersetzer fertig. Er schickt seine Übersetzung an den Verlag und der wirft für die landessprachliche Ausgabe eines internationalen Titels die Druckmaschine an.

Die Übersetzung von *Inferno* lief anders ab. Eher so, wie es sich für einen ordentlichen Thriller gehört: Zunächst einmal wurde das fertig lektorierte, englischsprachige Originalmanuskript von Dan Brown gehütet wie ein Schatz. Dann

△ *Die Italiener haben schon früher imposant gebaut, und das tun sie auch heute noch gerne: das Verlagshaus Mondadori bei Mailand*

△ *Zwei Monate „Arbeitslager" im Bunker, dann hatten die Übersetzer ihr persönliches Inferno überstanden*

wurden Kopien davon nach Mailand geschickt. Per Flugzeug. In Segrate, nahe Mailand, kamen Übersetzer aus mehreren Ländern zusammen, darunter Deutschland, Spanien, Brasilien, Frankreich, Italien. Im Keller (!) des Mondadori Verlagshauses hatte man ihnen ein schlichtes, aber gut bewachtes Großraumbüro eingerichtet, wo sie von Februar bis April 2013 unter Aufsicht arbeiteten. Wie das italienische Magazin *TV Sorriso e Canzoni* nach Abschluss der Arbeiten berichtete, seien in diesem „Bunker" alle Computer auf den Tischen festgeschraubt gewesen. Einen einzigen, ebenfalls bewachten Internet-Zugang mussten sich alle Übersetzer teilen, die Benutzung war nur unter Beobachtung von Sicherheitspersonal erlaubt. Handys seien verboten gewesen, ebenso wie eigene Laptops, Kameras, privates Recherche-Material. Sämtliche Arbeitsmaterialien und Manuskripte wurden abends abgegeben und in Tresoren eingeschlossen. Dass die *Inferno*-Übersetzer außerhalb des Bunkers nicht ein einziges Wort über ihre Arbeit verlieren durften, versteht sich von selbst. Sogar Familienangehörige und Freunde durften nicht wissen, wo sie sich während dieser Zeit aufhielten. So verbrachten sie mehrere Wochen in geheimer Einsamkeit – auch wenn es „nur“ um ein Buch ging und nicht um den Weltfrieden. Die italienische Übersetzerin Annamaria Raffo berichtete dem Magazin, am Ende habe „eine Stimmung wie in der Pause auf dem Schulhof“ geherrscht.

Der „Bunker“, in dem für den deutschen Lübbe Verlag die beiden Übersetzer Axel Merz und Rainer Schumacher arbeiteten, ist jedoch nicht irgendein Keller. Er ist der Keller des größten italienischen Verlagskonzerns, und hätten die *Inferno*-Übersetzer gelegentlich ans Licht gedurft, hätten sie unter beeindruckenden Arkaden wandeln oder im wunderschönen Park unter italienischer Sonne spazieren gehen können.

Die Geschichte des italienischen Verlagshauses Mondadori ist lang: Im Jahr 1907 gründete Arnoldo Mondadori eine kleine Druckerei in der Lombardei nahe Mailand. 1912 druckte er sein erstes Buch. Seitdem lautete die lange Zeit familiär geprägte Firmenphilosophie, Freude am Lesen zu vermitteln. 1926 erwarb Arnoldo Mondadori die Abdruckrechte der Werke von mehreren großen italienischen Schriftstellern und legte damit den Grundstein für das zukünftige Verlagsgeschäft. 1935 kamen die Rechte an Disney-Produkten hinzu, und *Mickey Mouse* erschien auf Italienisch. 1938 erschien die erste italienische Frauenzeitschrift, „Grazia“.

Nach dem Zweiten Weltkrieg begann Mondadoris internationale Expansion. Heute existieren Zeitschriftenverlage unter anderem in Frankreich, Griechenland, Großbritannien und Australien, außerdem zwei Radiosender, über fünfhundert Buchhandlungen und Buchclubs.

Nach wie vor ist der italienische Print-Markt die kulturelle Heimat: Sowohl im Bereich Bücher als auch im Zeitschriften-Segment ist Mondadori mit Marktanteilen um rund dreißig Prozent in Italien die Nummer Eins. Es versteht sich von selbst, dass Dan Browns *Inferno* in italienischer Sprache bei Mondadori erschien.

Und es würde wohl an ein Wunder grenzen, wäre nicht bei dieser italienischen Medien-Erfolgsgeschichte irgendwo ein Berlusconi zu finden. Stimmt: 1991 sicherte sich Sil-

△ *Jedem das Seine: Die deutsche Ausgabe von Inferno zeigt den Dom von Florenz, die italienische natürlich Dante*

MONDADORI
Via Mondadori 1, 20090
Segrate (Milano)
Telefon 0039-02-75421
An wenigen Tagen im Jahr bietet das Unternehmen Führungen durch das Gebäude an. Anmeldungen unter prenotalavisita@mondadori.it

vio Berlusconi den Mehrheitsanteil am inzwischen börsennotierten Konzern. Weil er damit seinen Erzrivalen, den Medien-Mogul Carlo de Benedetti ausstach und offenbar Methoden benutzte, die sogar italienische Gerichte unfein fanden, wurde Berlusconi zwanzig Jahre später zur Zahlung einer Geldstrafe von fünfhundertvierzig Millionen Euro verurteilt.

Der Firmengründer Arnoldo war 1971 gestorben und erlebte das Geschacher um sein Lebenswerk glücklicherweise nicht mehr mit. Aber auch die Fertigstellung des von ihm beauftragten neuen Firmengebäudes in Segrate bei Mailand konnte er nicht mehr erleben. Dabei hatte er keinen Geringeren als den brasilianischen Stararchitekten Oscar Niemeyer mit dem Entwurf beauftragt. Niemeyer entwarf in bester italienischer Bautradition ein mehr als beeindruckendes großes, flaches Gebäude mit einer Arkadenfassade, die an die europäische Baukultur erinnert und dennoch auch heute noch beinahe futuristisch wirkt. Ein großer See vor und ein weitläufiger Park hinter dem Gebäude sagen alles darüber aus, wie Mondadori das eigene Unternehmen in der Welt präsentiert sehen möchte. 1975 wurde der Firmensitz eingeweiht und ist immer noch einen Ausflug wert.

Der 27. Mai: Dan Brown im Interview

Während der Arbeit an *Inferno* hatte Dan Brown Alpträume. Höllen-Alpträume. Einer dieser Träume inspirierte ihn zur Anfangsszene seines Romans: Robert Langdon muss mit einem Alptraum erwachen!

Das erzählte ein gut gelaunter und ausgeschlafener Dan Brown am 27. Mai 2013 in Köln. Obwohl er sich selbst als einen „Country-Man" bezeichnet, einen Landmenschen, für den die Besuche bei seinem Heimatverlag in New York City schon immer eine schreckliche Tortur bedeuten, hat er sich auf den Weg nach Europa gemacht, um sein neues Buch dort vorzustellen. Wer jetzt aber eine Promotion-Tour à la Hollywood erwartete, ein Tingeln durch die Metropolen, der hat sich getäuscht. Der zurückgezogen lebende Dan Brown, der niemals auf Lesereisen gehen mag und kaum Interviews gibt, hat sich zu gerade einmal vier Terminen in Europa breitschlagen lassen. Gut, dass deutsche Fans ihm schon rund sechzehn Millionen Bücher abgekauft haben. Das könnte ein Grund dafür sein, dass er sich entschied, der Einladung seines deutschen Verlages Lübbe zu folgen und nach Deutschland zu kommen. Und so sitzt er am 27. Mai 2013 in einem schicken Kölner Hotel und erzählt von seiner Arbeit an *Inferno*.

Schrecklich sei es manchmal gewesen, berichtet er. Was Robert Langdon in zwei Minuten erzählt, dafür habe er manchmal zwei Tage gebraucht. Und um zwei Seiten Roman fertig zu stellen, habe er vorher zehn Seiten schreiben müssen. Seine wichtigste Übung: das Kürzen. Es kann sich also jeder selbst ausrechnen, wie viele Seiten die Ursprungsfassung von *Inferno* besaß, wenn am Ende 682 gedruckte Buchseiten übrig blieben.

Das Thema, Dantes Höllen-Visionen, war ihm „entgegen gekommen", als er für ein früheres Projekt in Italien recherchierte. Während der Arbeit an *Illuminati* war ihm aufgefallen, dass die katholische Kirche nie eine genaue Beschreibung der Hölle geliefert hat. Ebenso wenig fand er Brauchbares in den Texten der griechischen Mythologie. Allein Dante Alighieri, Italiens großer Dichter, hatte seine Vision der Hölle beschrieben, diese dafür umso detaillierter.

Dreimal reiste Dan Brown für *Inferno* nach Florenz: „Bei meinem ersten Besuch habe ich mich einfach nur inspirieren lassen. Ich spazierte zum Beispiel durch den wunderschönen Boboli-Garten und wusste: An diesen Platz muss ich Robert Langdon schicken."

△ *Dan Brown, der Entertainer: Gut gelaunt erzählt er von der Arbeit an „Inferno"*

Bei seinem zweiten Besuch machte er eigene Recherchen, und seine dritte Reise nach Florenz diente dazu, „Experten zu treffen und solide Informationen aus erster Quelle zu bekommen."

Eine dieser Expertinnen war zum Beispiel die Spanierin Marta Alvarez González, die ihn in Florenz durch sämtliche Geheimgänge des Palazzo Vecchio führte. Dan Brown erinnert sich: „Als wir nach ganz oben auf den Dachboden des Palazzo Vecchio geklettert waren und ich aus dieser Perspektive nach unten schaute, hatte ich eine Idee: Hier oben muss ich jemanden sterben lassen."

So werden also Thriller gemacht. Und die Schauplätze, an denen gestorben und gerätselt wird, spielen in Dan Browns Romanen eine ungemein wichtige Rolle. Sind sie vielleicht beinahe ebenso wichtig wie der Protagonist selbst? Dan Brown findet diese Frage gar nicht überraschend. „Ja, selbstverständlich. Die Schauplätze sind ein Charakter, der mitspielt. Und wo immer Robert Langdon sich gerade aufhält: Es muss sich für den Leser anfühlen, als wäre er selbst dort."

Und seine echten Figuren? Dürfen sie sich entwickeln im Laufe der Handlung?

„Um Himmels willen, nein! Der Boss bin ich! Niemals dürfen meine Figuren irgendetwas tun, was ich nicht erlaubt hätte." Auf Dan Browns Gesicht erscheint ein breites Grinsen: „Wenn sie anfangen ein Eigenleben zu entwickeln, bringe ich sie einfach um."

Seine Handlungen, so komplex sie erscheinen, sind vom Anfang bis zum Ende streng durchkomponiert. Abweichungen vom Script sind schlicht verboten, schon alleine zum Schutz des Autors:

„Bevor ich anfange zu schreiben, muss ich die ganze Geschichte bis zum Ende kennen. Wenn ich nicht weiß, wie sie ausgeht, fliegt sie mir irgendwann um die Ohren. Dann sitze ich drei Jahre daran und kann anschließend von der nächsten Brücke springen."

Dan Brown, der Schreiber mit einer großen Vorliebe für Geschichte und Architektur, vergleicht das Konzipieren eines Romans mit dem Bau eines Hauses: „Wenn Sie ein Haus bauen, leisten Sie auch die komplette Denkarbeit, bevor Sie den ersten Stein setzen. Sie können sich zwischendurch immer noch überlegen, ob Sie ins Wohnzimmer einen roten oder einen blauen Teppich legen. Aber wo das Wohnzimmer liegt auf dem Grundriss, das müssen Sie vorher wissen, und ebenso wo die Wände stehen und an welcher Stelle sie Fenster und Türen haben. Genauso ist das auch bei einem Buch."

Und dann nickt er und lächelt freundlich, als ob das alles ganz einfach wäre.

△ *So sah Florenz im Jahr 1300 aus*

DANTE UND SEINE STADT

DANTES FLORENZ: STADTGESCHICHTE BIS INS 14. JAHRHUNDERT

Dass Florenz von den Römern gegründet wurde, verwundert nicht. Sie hatten es nicht weit. Um 59 vor Christus soll eine erste Siedlung im Tal des Arno entstanden sein. Die Römer gaben ihr den Namen *Florentia,* zu deutsch: die Blühende. Auch wenn vom damals unter Caesar errichteten Militärlager, das als Veteranen-Anlage diente, heute nichts mehr steht, kann man es noch erahnen. Ein Blick auf einen Stadtplan von Florenz zeigt, dass die Straßen rund um die fast quadratische Piazza della Repubblica rechtwinklig in konsequenter Nord-Süd- und Ost-West-Ausrichtung verlaufen. Das erinnert so manchen Besucher eher an amerikanische Stadtplanung als an das historische Italien, zeugt aber tatsächlich von der römischen, im Quadrat erbauten Festung, die an dieser Stelle stand.

Im 6. Jahrhundert herrschten in ganz Italien die Langobarden. Sie gründeten das Herzogtum Tuscia, die spätere Toscana, machten aber Lucca zur Hauptstadt. Dadurch verlor Florenz, obgleich seit dem 4. Jahrhundert Bischofssitz, für einige Jahrhunderte an Bedeutung. Kriege,

Überschwemmungen und damit verbundene Völkerwanderungen trugen ebenfalls dazu bei.

Das änderte sich erst im Mittelalter, als der toskanische Markgraf Hugo von Tuscien beschloss umzuziehen. Um das Jahr 1000 herum verlegte er seine Residenz von Lucca nach Florenz. Damit begann eine erste Blütezeit für die Stadt: Kirchen wurden gebaut, der Tuchhandel brachte wirtschaftlichen Aufschwung, umliegende Ortschaften wie Fiesole wurden „eingemeindet", damals sagte man noch: „unterworfen". Einen Meilenstein in der Stadtentwicklung bildete der im Jahr 1252 eingeführte *Fiorino d'oro*. Der „Florentiner", eine Goldmünze mit der Florentiner Lilie als Stadtwappen, markiert den Anfang der Finanzwirtschaft in Europa. Florentiner Bankiers waren die ersten, die das System des Geldwechsels einführten. Noch bis zur Einführung des Euro im Jahr 2002 zeugte die Abkürzung *fl* für den niederländischen Gulden von diesen mittelalterlichen Prozessen. Florenz galt fortan als reich, die „florierende" Wirtschaft sorgte für politischen Einfluss und zog Wohlhabende und Adelige in die Stadt.

Zwischen den Adelsfamilien gab es immer wieder Streit. Die im Grunde als sehr modern anzusehende Florentiner Regierung mit vier Konsuln und einem „Rat der Hundert" – 1193 gab es sogar einen ersten Bürgermeister – wurde durch permanente Zwistigkeiten gestört. Die politisch Einflussreichen unter den Adelsfamilien waren in zwei Parteien gespalten: Die Ghibellinen (Waiblinger), die als Anhänger von Kaiser Friedrich II. galten, und die Ghuelfen (Welfen), die vom Papst unterstützt wurden, sich aber auch noch einmal in die

△ *Geld spielte schon immer eine wichtige Rolle: die Florentiner gelten auch heute noch als geschäftstüchtig*

Weißen und die Schwarzen Ghuelfen teilten. Die Lager kämpften äußerst undemokratisch um die Vorherrschaft in Florenz, und das viele Jahrzehnte lang. Wer regierte, lebte gut in der Stadt, wer gerade nicht regierte, konnte sich im sonnigen Oberitalien ein hübsches Plätzchen fürs politische Exil suchen.

In diese Zeit hinein wurde 1265 Dante in die recht wohlhabende Familie Alighieri geboren. Die Alighieris hatten sich dem Lager der Weißen Ghuelfen zugewandt, die zum Zeitpunkt seiner Geburt leider nicht regierten, weswegen ein Teil seiner Familie verbannt war.

Man muss sich bewusst machen, dass die Stadt, die wir heute als Florenz kennen, zu Dantes Zeiten noch nicht stand. Weder der Dom noch die großen Kirchen waren gebaut. Die meisten historischen Bauwerke, für die wir Florenz heute lieben, stammen aus den zwei bis drei Jahrhunderten nach Dantes Tod. Die berühmten Künstler und Architekten, deren Werke die Stadt heute prägen, wie Michelangelo, Brunelleschi und Leonardo da Vinci, sie alle waren noch nicht geboren. Auch die Familie Medici, die lange Zeit in Florenz regierte und maßgeblichen Anteil an der Entwicklung der Stadt nahm, begann erst Ende des 14. Jahrhunderts mit nennenswerten politischen Aktivitäten. Dantes Geburtshaus, das man heute besuchen kann, ist eine Rekonstruktion. Allein ein paar wenige mittelalterliche Gebäude, die Dan Brown in seinem Thriller *Inferno* „mitspielen" lässt, konnte Dante Alighieri schon besuchen. Dazu gehört das Baptisterium, das mit seiner auffälligen grün-weißen Fassade Vorbild für den späteren Dombau wurde, sowie der Glockenturm der Badia. Auch die Kirchen Santa Croce und Santa Maria Novella wurden bereits während des Mittelalters gebaut.

Stattdessen wurde das Stadtbild zu Lebzeiten Dantes von etwa einhundertfünfzig Geschlechtertürmen geprägt. Diese Turmhäuser, man findet sie heute zum Beispiel noch etwas weiter südlich in San Gimignano in der Toskana, bauten sich adelige Familien als Wohnsitz – heute würden wir sagen: als Einfamilienhaus. Ihr Baustil war denkbar einfach: Stein auf Stein, möglichst gerade, wenig Grundfläche, aber so hoch wie es ging. Mit seinen vielen Türmen, von denen jeder einer reichen Familie gehörte, muss Florenz damals ein wenig wie das Manhattan des Mittelalters ausgesehen haben.

Irgendwann hatte man in der Stadt genug vom ewigen Streit der hin und her regierenden Adelsfamilien. Ihnen wurde der politische Einfluss entzogen, und zwecks deutlicher Dokumentation eines neuen Regierungsstils musste ein Turm nach dem anderen schließlich fallen. Ihre übriggebliebenen Stümpfe begegnen dem Florenz-Besucher noch heute an vielen Stellen in der Stadt.

Hintergrund: ***Die Pest von 1348***

Zu Lebzeiten von Dante Alighieri, etwa um das Jahr 1300, lebten in Florenz rund einhunderttausend Menschen. Die Stadt war damals eine der bevölkerungsreichsten Städte Europas.

Im Sinne von Dan Browns Bösewicht, Bertrand Zobrist, müsste man sagen: Damals wie heute lebten zu viele Menschen auf der Erde. Die Probleme der Überbevölkerung entstanden noch nicht durch Umweltverschmutzung und Globalisierung wie heute – doch schon alleine genug Nahrungsmittel für alle Menschen herbeizuschaffen, stellte eine oft unlösbare Aufgabe dar. Hungersnöte gab es immer wieder. Dass sich in den Jahren zwischen 900 und 1300 die Bevölkerung in Europa etwa vervierfacht hatte, lag auch daran, dass in dieser Zeit die großen Städte entstanden – wie eben Florenz.

Im Jahr 1348, Dante Alighieri war seit siebenundzwanzig Jahren tot, wurde das Problem der Überbevölkerung, Dan Browns zentrales Thema in *Inferno*, auf biologische Weise „gelöst". Die Pest fegte über den Kontinent. Dass sie von Asien mitgebracht worden war, steht heute außer Frage – die Handelswege nutzten Erreger schon damals.

Allein in Florenz reduzierte sich die Bevölkerung auf etwa vierzigtausend. In vielen anderen Städten starben ebenfalls zwei Drittel der Einwohner. Was von den Menschen mangels medizinischer Kenntnisse als eine schreckliche Strafe Gottes wahrgenommen wurde,

△ *Die Maske des Doktor Pest: So versuchten die mittelalterlichen Ärzte sich vor Ansteckung zu schützen*

erscheint zahlreichen Historikern in der Nachbetrachtung als die große Krise des Mittelalters, die in vielen Bereichen des Lebens Neuanfänge und damit bahnbrechende Entwicklungen der nächsten Jahrhunderte erst möglich machte. So wird in der Kunstgeschichte die Epoche der Renaissance („Wiedergeburt") als Auswirkung der Pestepidemie betrachtet. Andere wollen sogar die Erfindung des Buchdrucks als Folge sehen. Begründung: Das handschriftliche Kopieren von Büchern war damals zwar üblich, aber nur sinnvoll, solange die Löhne der Schreiber sehr niedrig waren. Mit dem Dezimieren der Bevölkerung wurde auch die Arbeitskraft reduziert, die Löhne für den Einzelnen stiegen an. Das führte zu einem großen Innovationsdruck. Menschenkraft sollte mehr und mehr von mechanischer Kraft abgelöst werden, die Motivation für technische Erfindungen war plötzlich immens.

Diese Thesen, die wir auch in Dan Browns *Inferno* wiederfinden, werden unter anderem von dem amerikanischen Historiker David Herlihy vertreten, der an nordamerikanischen Universitäten unterrichtete, bis er 1991 starb. Es ist gut möglich, dass Dan Brown im Rahmen seines eigenen Studiums, das er 1986 abschloss, mit den Theorien von Herlihy in Berührung kam.

Wer ist Dante Alighieri?

Dante Alighieri wurde also 1265 geboren. Dass man den genauen Tag seiner Geburt nicht kennt, verwundert nicht, denn das Aufschreiben von Geburtstagen gehörte im Hochmittelalter noch nicht zur gängigen Praxis, und das, obwohl Florenz durchaus als gut verwaltet gelten konnte. Immerhin weiß man, dass Dante in der heutigen Altstadt von Florenz zur Welt kam und dass seine Familie zu den wohlhabenden gehörte und sich bei den Weißen Ghuelfen politisch engagierte. Weil die während Dantes Kindheit nicht regierten und Toleranz unter verschiedenen politischen Ansichten damals noch äußerst klein geschrieben wurde, musste ein Teil seiner Verwandten außerhalb der Stadt in der Verbannung leben. Dennoch reichte das Geld, um dem Sohn eine Schulausbildung zu ermöglichen. Man nimmt an, dass Dante in Florenz von Franziskaner- und Dominikanermönchen, die sich zu dieser Zeit in der Stadt niederließen, unterrichtet wurde. Danach soll er Rechtswissenschaften an der Universität von Bologna studiert haben, um sich nach seinem Studium, etwa zwanzigjährig, der Florentiner Politik zuzuwenden. Dante Alighieri machte, so würde man heute sagen, eine steile Karriere in der Politik. Mit dreißig Jahren hatte er es geschafft: Er saß im „Rat der Hundert", kurz darauf sogar im Rat des Bürgermeisters.

Zu dieser Zeit hatten sich Handwerker und Kaufleute in sieben Zünften zusammen geschlossen. Zu diesen arti maggiori gehörten die Tuchhändler, Seidenweber, Wollweber, Pelzhändler, Ärzte, Geldwechsler und Juristen. Sie galten als das wirtschaftliche Fundament der Stadt, und die Vorsteher (priori) jeder Zunft bildeten schließlich die neue Stadtregierung, die Signoria. Im Jahr 1300, Dante Alighieri war fünfunddreißig Jahre alt und hatte sich in die Zunft der Ärzte und Apotheker eingeschrieben, wurde er als Prior zum Mitglied der *Signoria* gewählt. Ein Jahr zuvor hatte man mit dem Bau

△ *Tag und Nacht schaut er auf seine Stadt herab*

▷ *So ging Dante Alighieri ins Büro: Arbeitskleidung der Priori*

eines Regierungsgebäudes begonnen, dem Palazzo Vecchio. Kurz darauf wurde Dantes politische Karriere abrupt beendet.

Die „Schwarzen“ beschuldigten die „Weißen“ einer Verschwörung, wieder einmal brachen blutige Kämpfe unter den beiden Parteien aus. Der Papst, der den wirtschaftlichen Erfolg von Florenz auf keinen Fall aufs Spiel setzen wollte, ordnete von Rom aus Ruhe an. Er schickte den französischen Prinzen Karl von Valois in die Stadt. Der sorgte für Ordnung, indem die „Weißen“ aus der Stadt verbannt wurden. Auch Dante wurde der politische Prozess gemacht. Im Jahr 1302 verurteilte man ihn zu einer Geldstrafe. Weil er das Urteil nicht anerkannte, wurde es fünf Jahre später sogar in die Todesstrafe umgewandelt. Seitdem lebte er nicht nur in der Verbannung, sondern auf der Flucht und in Verstecken.

Ein wichtiges Ereignis lässt sich aus den Jahren seiner „Regierungszeit“ noch rekonstruieren: Im Jahr 1296 beschloss die Florentiner Regierung, dass in der Stadt ein neuer, großer Dom gebaut werden sollte. Auch der Name, Santa Maria del Fiore, wurde schon genannt. Man wollte damit einer der bevölkerungsreichsten Städte Europas ein angemessenes Gotteshaus bauen. Hätte Dante geahnt, wie schön dieser Dom eines Tages sein würde und dass das Bild seiner berühmten Kuppel noch Jahrhunderte später auf der ganzen Welt die Titelseiten der Reiseführer zieren würde, vielleicht hätte

er sich in den verlustreichen Jahren seiner Verbannung ein kleines bisschen besser gefühlt.

In der Nachbetrachtung fällt es leicht, dieses Ereignis von Regierungswechsel und Verbannung durch den Papst als die eine große Zäsur in Dantes Leben zu betrachten: In den Jahren davor lebte er ein bürgerliches, politisch aktives Leben, er war verheiratet und hatte mit seiner Frau Gemma Donati drei oder vier Kinder. Als er nicht nur die Stadt, sondern seine Familie und sein gesellschaftliches Leben hinter sich lassen musste, begann eine andere Zeit: ein einsames Leben in Verstecken, aber auch die intellektuelle Auseinandersetzung mit der Welt.

Die Zeugnisse über den großen Dichter, sie sind aus der zweiten Hälfte seines Lebens noch spärlicher. Man weiß, dass Dante sich in den letzten zwanzig Jahren seines Lebens im italienischen Norden aufhielt. Auch in Paris soll er gesehen worden sein. Zu seinen Aufenthaltsorten sollen Treviso und Verona gehört haben, und eine Reise nach Venedig, kurz vor seinem Tod, ist ebenfalls bekannt. Zuletzt fand er Hilfe und Schutz in Ravenna, wo er im Jahr 1321 im Alter von sechsundfünfzig Jahren starb. Kurz zuvor hatte er sein literarisches Hauptwerk, die *Commedia*, nach vielen Jahren Arbeit beendet.

Auch wenn aus mehreren Quellen hervorgeht, dass Dante seine Exiljahre einsam und verbittert verbrachte: Das, was er der Nachwelt hinterließ, entstand zum größten Teil in dieser Zeit. Seine politische Karriere war zu Ende. Zur Untätigkeit und damit in die Arbeitslosigkeit verbannt, begann er zu schreiben. Er verfasste zahlreiche politische und philosophische Schriften und Gedichtbände. Seine *Commedia* gilt in der Literaturwissenschaft bis heute als das erste große literarische Werk eines Italieners.

△ *Klar, dass Italien auf einer seiner Euro-Münzen den Lieblings-Dichter zeigt*

Grosse Liebe? Dante und Beatrice

△ *Die Krönung für alle Romantiker: In den Korb neben Beatrices Grabmal werfen Verliebte Zettelchen mit ihren Botschaften ...*

Immer wieder taucht in Texten über Dante, aber auch in seinen eigenen Schriften eine Frau namens Beatrice auf. Sie soll Dante Alighieris große Liebe gewesen sein, und er selbst nährt diese Theorie, indem er in seiner *Commedia*, aber auch in früheren Schriften (seinem Jugendwerk *Vita Nova*) eine Beatrice erwähnt, die er ohne Ausnahme als positive, ja sogar heilbringende Figur beschreibt. Allein, er bleibt bei Andeutungen.

In der Literaturgeschichte ist diese Theorie umstritten. Klar ist wohl, dass es in Dantes Umkreis ein etwa gleichaltriges Mädchen namens Beatrice Portinari gegeben hat. Dante soll sie im Alter von neun Jahren kennen gelernt und sich unsterblich in sie verliebt haben. Klar ist aber auch, dass beide später mit anderen Partnern verheiratet waren. (Die Familien Alighieri und Donati schlossen den Ehevertrag ihrer Kinder, als Dante etwa zwölf Jahre alt war.) Und möglich ist immerhin, dass er sich für sein literarisches Schaffen einfach den Namen der mit vierundzwanzig Jahren früh verstorbenen Freundin „ausgeliehen" hat. Schriftsteller machen so etwas.

Für alle, die sich gesicherte Fakten wünschen, kann man nicht oft genug betonen, dass Quellen aus dem 13. Jahrhundert erstens spärlich und zweitens häufig ungenau sind. Allen, denen eine unglückliche Liebesgeschichte im schönen Florenz das perfekte I-Tüpfelchen auf der allgemeinen Dante-Romantik bedeutet, drücken jetzt mindestens ein Historiker-Auge ganz fest zu. Italien hat sich nämlich für diese Version entschieden. Dante und Beatrice in Florenz, das ist heute ein bisschen wie Romeo und Julia in Verona: kultivierte Romantik im historischen Gewand. Im Dante-Museum erhielt Beatrice Portinari einen eigenen Raum, und in der Altstadt sogar eine eigene Kirche, die Chiesa Santa Margherita di Cerchi.

△ *In der Chiesa Santa Margherita di Cherchi gedenken die Florentiner Beatrice Portinari*

Hintergrund: ***Lesen und Schreiben im Mittelalter***

Wie muss man sich Dantes Ausbildung vorstellen? Was bedeutet es, im 13. Jahrhundert von Mönchen unterrichtet zu werden? Wo konnte man studieren?

Heute, im 21. Jahrhundert, lässt sich Wissen leicht und schnell erschließen: Google und Wikipedia helfen dabei. Aber diese beiden ergänzen noch nicht lange das weltweite Bildungssystem. Noch vor zwanzig Jahren musste man auf das Internet verzichten, aber immerhin standen vielerorts gut gefüllte Bibliotheken – an den Universitäten, aber auch anderswo. Dante hatte leider keines dieser Hilfsmittel zur Verfügung, sogar noch weniger als wir uns vorstellen können.

Gehen wir einfach weiter rückwärts: In der Mitte des 15. Jahrhunderts hatte der Deutsche Johannes Gutenberg ein Verfahren entwickelt, mit Farbe und einzelnen Lettern Buchstaben auf Papier zu drucken. Auch wenn es bis zu unseren heutigen Druck-Qualitäten noch lange dauern sollte, gilt doch das Jahr 1450 als das Jahr, in dem die Druckerpresse erfunden wurde. Bis zu dieser Zeit wurden nur wenige Bücher gedruckt, die meisten mit der Hand geschrieben. Und nicht nur Bücher, sondern alles Schriftliche, ob Gesetzestext oder Liebesbrief, war handschriftlich, in Tinte auf Pergament, verfasst.

Dazu waren aber die wenigsten Menschen in der Lage. Denn auch Schulbildung für alle ist ein Privileg unserer Zeit. Im Mittelalter konnten sich nur die Reichen, in erster Linie die Adeligen und die Kirchenleute, überhaupt Bildung leisten. Die große Mehrheit der Bevölkerung waren Analphabeten. Die mündlichen Sprachen variierten im Mittelalter regional, ebenso wie heute zwischen Bayern und Sachsen. In Dantes Florenz sprach man eine Sprache, die wir heute Altitalienisch nennen, eine Vorform des heutigen Italienischen. Daneben existierte als Schriftsprache Latein. Die lateinische Sprache war Kirchensprache und wurde in weiten Teilen Europas einheitlich als Amtssprache benutzt. Das festzulegen war für die Kirche nicht schwierig. Wer sollte denn widersprechen?

Ein kluger Kirchenstratege muss schon in grauer Vorzeit erkannt haben, dass Bildung der Schlüssel zu jeglichem Erfolg ist. Und er sollte Recht behalten. In den Kirchen und Klöstern wurde seit dem frühen Mittelalter die lateinische Sprache gelehrt, in Wort und in Schrift. Priester und Mönche waren es also in erster Linie, die lesen und schreiben konnten. Diese Fähigkeiten blieben über Jahrhunderte ein Privileg der Kirche. Denn die arme Bevölkerung wurde schließlich gar nicht ausgebildet, und die Reicheren, die es sich leisten konnten, bekamen das zu lesen, was die Kirchenleute zuvor aufgeschrieben hatten. Die Kirche betätigte sich also für sehr lange Zeit nicht nur als Ausbildungsbetrieb, sondern bestimmte auch die Inhalte. Weit verbreitet war damals der Beruf des „Kopisten“ oder Schreibers. Denn ein Brief, ein Text, sogar ein Buch, einmal aufgeschrieben, konnte nur durch banales Abschreiben per Hand vervielfältigt werden.

So erklärt sich, dass die Welt des Geistes zu Dantes Zeiten hinter Klostermauern und an Höfen zu finden war. Außerhalb dieser Mauern wurde in der Regel körperlich gearbeitet. Wo aber der Geist sitzt, da wird regiert.

Dante lernte also die lateinische Sprache, er lernte lesen und schreiben und sicher vieles über die Kultur der Höfe und Klöster. Ein bisschen Politik, ein bisschen Philosophie, ein bisschen Medizin. Bücher standen ihm sicher nur wenige zur Verfügung. Die Inhalte, da kann man sicher sein, wären von jedem folgenden Papst freundlich abgenickt worden. Konnte man doch damit rechnen, dass sie lange Zeit widerspruchslos hingenommen würden, denn das Verhältnis zwischen Schüler und Gelehrtem war in erster Linie von Gehorsam geprägt.

Dante muss sich klug angestellt haben, immerhin soll er anschließend eine Universität besucht haben. Auch das war ein außerordentliches Privileg für ihn, nicht nur gesellschaftlich, sondern auch historisch, denn falls es stimmt, was in mehreren Quellen berichtet wird, war er einer der ersten Studenten der Welt. „Seine" Universität in Bologna, als offizielles Gründungsdatum wird das Jahr 1088 angegeben, ist die zweitälteste Universität in Europa überhaupt, und Dantes Studienjahre fallen in diese Phase des akademischen Aufschwungs. Die Universitäten erlebten damals eine Art Gründungsboom: etwa zwanzig entstanden im 13. Jahrhundert, weitere dreißig im 14. Jahrhundert, die meisten zunächst in Italien und Frankreich, dann auch in Spanien, England und Deutschland. (Deutschland, das Land der späteren Dichter und Denker, war hier übrigens nicht weit vorne. Die erste Universität war Heidelberg, gegründet 1386.)

Auch wenn es schon damals die Idee der Universitäten war, Bildung in verschiedenen Fakultäten zu ermöglichen, klappte das zu Anfang nur spärlich. Im Angebot waren maximal „die großen Vier", und die hat niemand besser beschrieben als Johann Wolfgang von Goethe in seinem *Faust*:

„Habe nun, Ach! Philosophie,
Juristerei und Medizin,
Und leider auch Theologie
Durchaus studiert, mit heißem Bemühn.
Da steh ich nun, ich armer Tor!
Und bin so klug als wie zuvor;"

Dass Goethes Faust gleich durch alle Fakultäten marschiert ist, war auch nicht unbedingt die Regel, konnten doch vor allem in den Anfangsjahrzehnten viele Universitäten nur eine einzige anbieten. Dazu gehörte auch Bologna, wo es zunächst nur eine Rechtsschule gab.

Die Grundidee der Universitäten aber, breit gefächerte akademische Ausbildung möglich zu machen, nahm damals ihren Anfang und hat sich bis heute weltweit durchgesetzt.

Für viele Menschen in den westlichen Industrienationen ist das Studieren beinahe selbstverständlich geworden. Dante Alighieri aber gehörte zu den ersten Studenten der Geschichte. Und wie wahr die These von der Bildung als Schlüssel zum Erfolg wirklich ist, hat sich auch in seinem Leben gezeigt: Denn in der Verbannung war Dantes aktives Politikerleben zu Ende. Seine Bildung aber ermöglichte es ihm zu schreiben und das Werk zu schaffen, das ihn schließlich für die Nachwelt berühmt machte.

DAN BROWNS VORLAGE: DANTES *GÖTTLICHE KOMÖDIE*

HÖLLE UND PARADIES LIEGEN NAH BEIEINANDER: *LA COMMEDIA*

Man muss die *Commedia* nicht gelesen haben, um Dan Browns *Inferno* zu verstehen. Der Amerikaner sorgt dafür, dass man seine Bücher auch ohne akademische Weihen begreift. Ein wenig literaturgeschichtlicher Hintergrund schadet aber natürlich keinesfalls. Allerdings steckt Dantes episches Werk so voller zeitgeschichtlicher Anspielungen, dass sogar für Literaturwissenschaftler gilt: Will man Dantes *Commedia* in Gänze nachvollziehen, man müsste wohl tief hinein in die damaligen Kenntnisse von Philosophie, Physik, Astronomie und Theologie, außerdem in Dantes politische Ansichten und in sein Verständnis von Sprache. Und grob gezählt um die sechshundert auftretende Personen in der *Commedia* machen die Sache auch nicht einfacher. Deshalb bleiben wir, vom literaturwissenschaftlichen Standpunkt aus betrachtet, an der Oberfläche des Notwendigen:

Dante schrieb die *Commedia* in den letzten Jahren vor seinem Tod (man vermutet zwischen 1307 und 1321). Der Titel „Komödie", der uns heute seltsam erscheinen mag, hat nichts mit dem Inhalt zu tun. Aus Dantes mittelalterlicher Perspektive betrachtet, soll er darauf hinweisen, dass das Werk in der Nationalsprache (also in „vulgärem" Italienisch und nicht, wie damals üblich, in Latein) verfasst ist, und dass es in einer Art „komischem Stil" verfasst sein soll. Mit „Stil" ist hier die formale Anordnung der Verse gemeint, und der Begriff „komisch" ist eher im Sinne von „ungewöhnlich" zu verstehen und nicht im Sinne von „lustig".

Dante verfasste ein kunstvoll und sehr bewusst komponiertes Gedicht in Versen, und wie bei anderen großen Werken der Weltliteratur stehen Form und Inhalt in einem sinnvollen und bis ins Detail bewusst gestalteten Zusammenhang.

Inhaltlich beschreibt Dante eine im Grunde einfache Phantasie: seine persönliche Vision des Lebens im Jenseits. In der mittelalterlichen Dichtung ist dies durchaus kein originelles, sondern sehr beliebtes und häufig bearbeitetes Thema. Allerdings sind Dantes Schilderungen von Details aus Hölle, Fegefeuer und Paradies in dieser Genauigkeit einzigartig.

Mit seinem Führer Vergil durchwandert Dante zunächst das Reich der Verdammten *(Inferno)* und den Läuterungsberg, danach das Reich der erlösbaren Büßer *(Purgatorio)* und fliegt schließlich mit Beatrice durch den Himmel des Paradieses *(Paradiso)*, wo er den Sitz Gottes erreicht. Aus diesen drei Teilen wird eine Gliederung deutlich, und man versteht bei genauem Hinschauen sehr gut, warum dieser formale Aufbau Dan Brown mit seiner Vorliebe für die Symbolik so gut gefallen hat.

Dies ist im Kern schon die ganze Geschichte. Natürlich passiert unterwegs eine Menge. Das Jenseits ist schließlich ähnlich bevölkert wie das Diesseits, und Dante begegnet in allen drei Teilen bekannten und weniger bekannten Persönlichkeiten. Rund sechshundert büßende Seelen, die er trifft und mit denen er spricht, bedeuten ebenso viele Namen für seine Leser. Einige von ihnen kennt man aus der Geschichte oder zumindest aus der Mythologie: Odysseus taucht auf, Barbarossa, verschiedene Päpste und Kaiser, ebenso Maler und Dichter. Dass in der Einzeldarstellung die Kaiser von Dante freundlicher besprochen werden als die Päpste, verwundert angesichts seiner eigenen Geschichte gar nicht. Lediglich zwei Figuren spielen eine größere Rolle: Der Führer Vergil, der Dante durch die ersten beiden Teile leitet, und die göttlich schöne Beatrice, mit der Dante ins Paradies fliegt. Sie ist es, die Dante hilft, auch, wenn sie nicht immer sichtbar ist. Ihm, dem Verirrten, der „in der Mitte seines Lebensweges" in Irrungen und Wirrungen geraten war, schickt sie am Anfang Vergil, auf dass er ihm zur Seite stehe. Später zeigt sie ihm, dass ideelle

△ *Wer genug Zeit mitbringt, kann die einhundert Gesänge der „Commedia" im Flur der Casa di Dante nachlesen – gute Augen vorausgesetzt*

▷ *Im Museum Casa di Dante in Florenz findet man die älteste erhaltene Ausgabe der „Commedia" aus dem Jahr 1337*

Hintergrund: ***Mathematik im Mittelalter***

Nach der mittelalterlichen Weltauffassung gelten die Zahlen Drei und Zehn als heilig und vollkommen. Ebenso ihre Potenzen Neun und Hundert. Dante komponiert also folgendermaßen: Seine *Commedia* umfasst drei große Teile (*Inferno, Purgatorio, Paradiso*). Jeder Teil besteht aus dreiunddreißig Gesängen. Macht neunundneunzig, passt also nicht ganz. An dieser Stelle erfindet der Dichter das Vorwort. Dante stellt dem ersten Teil einen einzelnen, einleitenden Gesang voran. Jetzt hat er einhundert Gesänge gedichtet - perfekt.

Auch innerhalb der drei Teile achtet er darauf, dass die Zahlen Drei (Heilige Dreifaltigkeit) und Neun (die neun Stufen der Jenseitsreiche) berücksichtigt werden. Die drei Teile *Inferno, Purgatorio* und *Paradiso* sind jeweils in neun Stufen gegliedert: Während im *Inferno* die Strafen fortwährend härter ausfallen, führen die Stufen im *Paradiso* zu immer höherer Glückseligkeit.

Alles richtig gemacht also. Denn irgendetwas muss dran sein am mittelalterlichen Aberglauben. Schließlich gelang dem zu Lebzeiten verdammten Dante eine vollständige Rehabilitation. Auch wenn er sie nicht mehr miterlebte, hält sie doch inzwischen seit rund siebenhundert Jahren an.

Auch Dan Brown übernahm die heiligen Zahlen für seinen Roman. In *Inferno* lässt er Bertrand Zobrist, den Bösewicht mit den guten Absichten, ein Video erstellen. Es ist exakt neun Minuten lang. Seine Handlung spielt in drei Städten ... ist Dan Brown etwa abergläubisch?

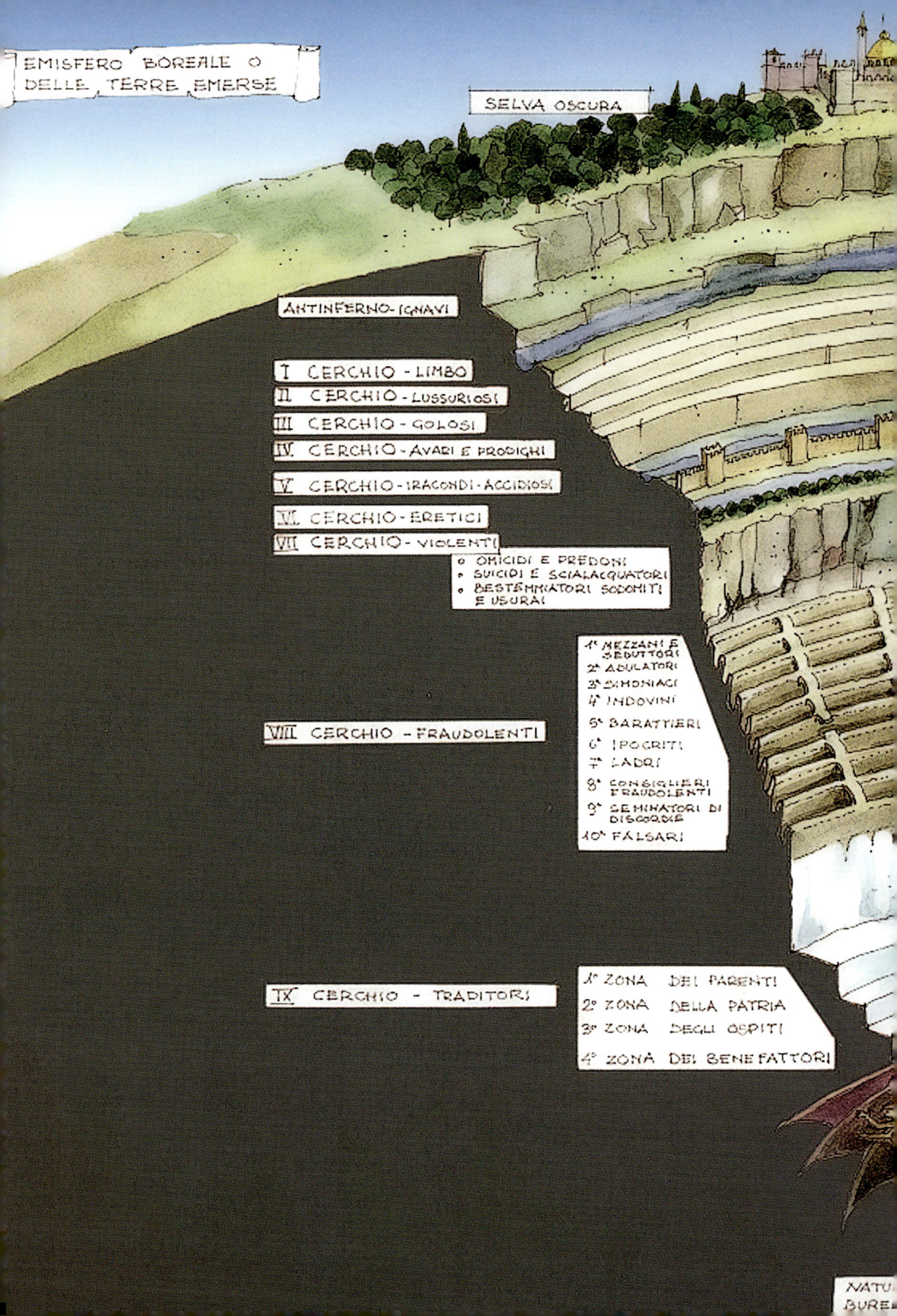
EMISFERO BOREALE O
DELLE TERRE EMERSE
SELVA OSCURA
ANTINFERNO-IGNAVI
I CERCHIO - LIMBO
II CERCHIO - LUSSURIOSI
III CERCHIO - GOLOSI
IV. CERCHIO - AVARI E PRODIGHI
V CERCHIO - IRACONDI - ACCIDIOSI
VI. CERCHIO - ERETICI
VII CERCHIO - VIOLENTI
• OMICIDI E PREDONI
• SUICIDI E SCIALACQUATORI
• BESTEMMIATORI SODOMITI E USURAI
VIII CERCHIO - FRAUDOLENTI
1° MEZZANI E SEDUTTORI
2° ADULATORI
3° SIMONIACI
4° INDOVINI
5° BARATTIERI
6° IPOCRITI
7° LADRI
8° CONSIGLIERI FRAUDOLENTI
9° SEMINATORI DI DISCORDIE
10° FALSARI
IX CERCHIO - TRADITORI
1° ZONA DEI PARENTI
2° ZONA DELLA PATRIA
3° ZONA DEGLI OSPITI
4° ZONA DEI BENEFATTORI

INFERNO

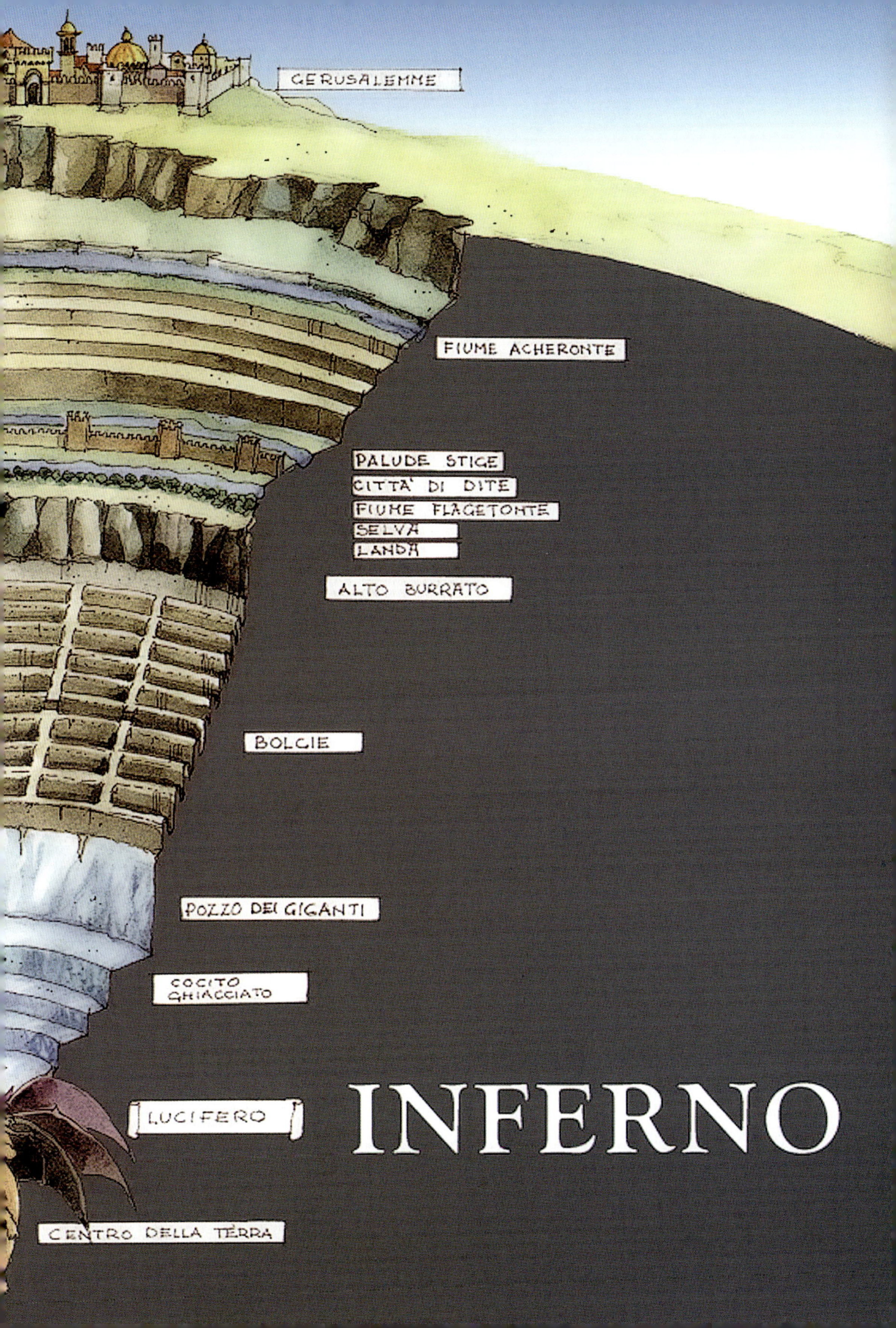
GERUSALEMME
FIUME ACHERONTE
PALUDE STIGE
CITTA' DI DITE
FIUME FLAGETONTE
SELVA
LANDA
ALTO BURRATO
BOLGIE
POZZO DEI GIGANTI
COCITO GHIACCIATO
LUCIFERO
CENTRO DELLA TERRA

Verehrung glücklicher machen kann als irdisches Begehren, und schließlich führt sie ihn durch das Paradies und vor den Thron Gottes. Die einzige Frau, sie dreht und lenkt die ganze Geschichte. Davon mag man halten was man will, am Ende geht es gut aus.

△ *Die Handschrift der „Commedia" ist hinter Glas gut geschützt, gleich darüber hängt eine fast freundliche Darstellung der Hölle: die Mappa dell Inferno des zeitgenössischen Künstlers Massimo Toni*

Robert Langdon braucht nur Teil 1: Das *Inferno*

Ein anderer Autor hätte sich vielleicht das Paradies als Vorlage gewählt. Nicht so Dan Brown. Was wäre das für ein Buchtitel geworden – *Paradies*? Wer von *Illuminati* und dem *Da-Vinci-Code* kommt, wer Päpste töten ließ, zumindest in der Phantasie, der braucht so böse Themen wie Schuld, Verdammnis, Strafe, Hölle. All das liefert Dantes *Inferno*, und zwar nicht zu knapp. Und dann auch noch symbolträchtig angeordnet in dreiunddreißig Gesängen und neun aufeinander folgenden Stufen. Besser geht es nicht für einen wie Robert Langdon.

Natürlich macht eine Geschichte wir die von *Inferno* erst einmal Angst. Wer will schon in der Hölle schmoren? Und angeblich bescherte Dantes Werk der Kirche einen regen Zulauf von ängstlichen Christen. Ein großer Fan von Dantes Kunst war der Florentiner Künstler Sandro Botticelli. Er sah in der *Commedia* nicht nur die inhaltlich durchaus gruseligen Themen, sondern vor allem die kunstvolle Gestaltung.

Botticelli lebte von 1444/45 bis 1510, und er hieß eigentlich Allessandro di Mariano Filipepi, wurde aber in seinem privaten Kreis „Fässchen" genannt und erwählte diesen hübschen Spitznamen zu seinem Künstlernamen. Botticelli gehört kunsthistorisch in die Phase der Medici und der Renaissance. Er lernte zunächst den Beruf des Goldschmieds, wurde dann aber Maler und etablierte sich vor allem als Portraitmaler in seiner Heimatstadt Florenz. Während der Medici-Regierung war seine Werkstatt gut mit Auftragsarbeiten der berühmten Familie beschäftigt. Das änderte sich mit dem Tod von Lorenzo de Medici im Jahr 1492. Angeblich malte und zeichnete Botticelli danach nur noch „Religiöses". Von den einhundert Zeichnungen zu Dantes *Commedia*, die Botticelli im Auftrag Medicis anfertigen sollte, sind über neunzig heute noch bekannt.

Vor allem der erste Teil von Dantes damals rund einhundertfünfzig Jahre alter *Commedia* hatte es Botticelli angetan. Er war es, der die bis dahin nur in Verse umgesetzte Vision der Hölle in eine bildliche Darstellung brachte und damit auch für diejenigen zugänglich machte, die Dante nicht lesen konnten. Seine „Mappa del Inferno" wurde berühmt und inspirierte letztlich auch Dan Brown, sie mit Rätseln für seinen Helden Robert Langdon zu bestücken. Die Zeichnung zeigt Dantes Idee eines Höllenkraters: ein tiefes, nach unten immer enger werdendes Loch, das aus neun konzentrisch angeordneten Kreisen besteht. Unten, im Trichter, wartet Satan am Höllentor.

Später Ruhm: Der Dante-Hype in Italien

Viele Künstler teilen das Schicksal, erst nach ihrem Tod berühmt zu werden. Auch Dante gehört dazu. Er allerdings wurde „richtig" berühmt, und Dan Brown sorgt mit seinem Thriller *Inferno* dafür, dass wir ihn auch im 21. Jahrhundert nicht vergessen werden - auch außerhalb romanistischer Fakultäten. In der Literaturwissenschaft gilt Dante neben Francesco Petrarca (1304-1374) und Giovanni Boccaccio (1313-1375) als der Einzige, der uns aus dem mittelalterlichen Italien Großes hinterlassen hat. Nur wenig ist historisch gesichert, dafür wurde damals einfach noch zu wenig aufgeschrieben und zu viel mündlich überliefert. Und wie man an den Geburtsjahren ablesen kann, war Dante noch ein paar Jahre früher aktiv als seine beiden Schriftstellerkollegen. Dantes großes Werk, das am Beginn der italienischen Literatur steht, ist also für lange Zeit auch ihr einziges geblieben.

Entstanden ist die *Commedia* zwischen 1307 und 1321, Dantes Todesjahr. Etwa vierhundertfünfzig Handschriften sind bekannt, die älteste erhaltene stammt aus dem Jahr 1337 und kann im Museum Casa di Dante in Florenz bewundert werden. Seit 1472 kennt man sie in gedruckter Form, und im Jahr 1555 findet man die *Commedia* bei dem venezianischen Verleger Gabriel Giolito. Es war übrigens Boccaccio, der der *Commedia* das Adjektiv „divina" hinzufügte und sie damit zur *Göttlichen Komödie* machte. Dante war zu diesem Zeitpunkt schon tot und konnte nicht mehr widersprechen. Auch sonst schien in Italien niemand etwas dagegen zu haben, und so heißt sie heute offiziell *La Divina Commedia*.

Dass Dante seine *Commedia* in italienischer Sprache und nicht in Latein verfasste, galt damals als ein Novum. Nach seinen persönlichen Erfahrungen mit der Kirche und dem Papst, der seine Verbannung aus Florenz anordnen ließ, kann man dies durchaus als Affront gegen die Kirche interpretieren. Und sicher spricht daraus auch Dantes Wunsch, seine Schrift für das

◁ *Die Piazza Santa Croce mit ihren vielen Cafés und dem Blick auf „Dantes" Kirche ist ein schöner Platz für eine kleine Pause*

△ *Dantes Sarkophag in der Kirche Santa Croce: innen leer, außen fast umlagert*

gemeine Volk zugänglich zu machen und nicht nur für die „guten Lateiner".

Italien hat Dantes Botschaft verstanden und verehrt ihn bis heute. Lange stritten sich Ravenna und Florenz um seine Überreste. Denn natürlich wollten die Florentiner „ihren Sohn", da er ja nun berühmt war, irgendwann zurück haben. Da aber spielte Ravenna nicht mit, schließlich hatte der Verbannte dort Zuflucht gefunden, war dort gestorben und begraben worden. Auf keinen Fall wollte man die wertvoll gewordenen Gebeine wieder hergeben. Die Stadt Florenz gab irgendwann nach. Und so gibt es heute ein „echtes" Grab in Ravenna und eine ganze Reihe „leerer" Gedenkstätten in

Florenz: Dantes Geburtshaus wurde an Ort und Stelle rekonstruiert und zum Museum umgewandelt, die Straße heißt selbstverständlich Via Dante Alighieri. Neben der Kirche Santa Croce, die zu Lebzeiten des Dichters schon stand, wacht er heute als mahnende Statue über die Besucher, die an ihm vorbei müssen, wollen sie die Kirche betreten. Und innen, an einer Wand des Mittelschiffs, hat man ihm einen prunkvollen Sarkophag gebaut. Dass er leer ist, stört hier niemanden. Die Besucher kommen trotzdem. Kein Wunder: gleich nebenan „ruht“ Michelangelo, der zweite große Sohn der Stadt.

△ *Auch die Gastronomen sorgen dafür, dass Dante in Florenz nicht vergessen wird*

Von geheimen Gängen, Dachbalken und nackten Statuen: Schauplätze in Florenz

Palazzo Vecchio (I)

Das Gebäude, das Robert Langdon von seinem Krankenbett aus erkennen kann, ist der Palazzo Vecchio in Florenz. Dass Dan Brown zum ersten Schauplatz seines Thrillers *Inferno* ausgerechnet dieses Bauwerk wählt, ist auch eine kleine Reminiszenz an Dante Alighieri. Denn der Palazzo Vecchio gehört zu den wenigen Gebäuden in der Altstadt von Florenz, die zu Lebzeiten des Dichters gebaut wurden. Außerdem weist uns Dan Brown hier schon einmal vorsichtig darauf hin, dass im Verlauf der Handlung der Palazzo Vecchio noch eine Rolle spielen wird. Schließlich hätte Robert Langdon auch die Domkuppel erkennen können, die aus der Entfernung eigentlich viel auffälliger erscheint. Aber der Dom, auch wenn er auf dem *Inferno*-Cover abgebildet ist, weil er als *das* Erkennungszeichen von Florenz gilt, spielt nur eine Nebenrolle. Im Palazzo Vecchio aber wird sich noch Brisantes ereignen.

Erbaut wurde der Palast während der ersten wirtschaftlichen Blütezeit der Stadt, nämlich genau zu jener Zeit, als Dante Alighieri als Prior der florentinischen Signoria, der Stadtregierung, angehörte. Als Baubeginn ist der 24. Februar 1294 dokumentiert, und die Entwürfe lieferte einer der großen florentinischen Architekten, Arnolfo di Cambio.

Robert Langdon erwacht in einem Krankenzimmer. Er kann sich nicht erinnern, wie er ins Krankenhaus kam und warum sein Kopf so schmerzt. Als er aus dem Fenster sieht, erblickt er „eine imposante Festung aus Stein mit einer Zinnenmauer und einem hundert Meter hohen Turm" (Seite 21). Dieses Gebäude kennt er gut. Langdon setzt sich abrupt auf. Er ist in Florenz!

◁ *Der Palazzo Vecchio ist eines der ältesten Gebäude in Florenz und immer noch Sitz der Stadtverwaltung und des Bürgermeisters*

Palazzo Vecchio

Piazza della Signoria, Florenz
Telefon 0039 055 2768325
E-Mail: info@
museicivicifiorentini.it
www.museicivicifiorentini.it
Öffnungszeiten: April bis September: täglich außer donnerstags von 9.00 bis 24.00 Uhr, in den Wintermonaten bis 19.00 Uhr.
Eintritt: Für Erwachsene ca. € 6,50 (Museum), ca.€ 6,50 (Turm), ca. € 10,00 (Museum inkl. Turm)

Einziehen konnte Dante allerdings nicht mehr. Er musste die Stadt 1301 verlassen. Bis 1314 dauerte die Fertigstellung des neuen Regierungsgebäudes, wo dann die Priori am wirtschaftlichen Gedeihen ihrer Heimatstadt arbeiteten, denn der Palast war dazu bestimmt, nicht nur die Büros, sondern auch die Wohnräume der Priori zu beherbergen. Deshalb hieß er auch zunächst Palazzo dei Priori. Wer hier in Amt und Würden war, durfte den Palast nicht verlassen – weder an Sonntagen noch für gelegentliche Urlaube. Diese auf den ersten Blick streng klingende Regelung diente in erster Linie der Sicherheit der Regierenden. Ein ungeschützt durch die Straßen flanierender Staatsmann hätte zu jener Zeit sein Leben unter Umständen schnell verloren.

Später zog die Familie Medici ein und nannte das Gebäude fortan Palazzo della Signoria. Als dann die Uffizien als neue Verwaltungsgebäude und der Palazzo Pitti als neuer Wohnsitz der Medici hinzukamen, bürgerte sich der Name „Palazzo Vecchio", alter Palast, ein. So nennt man ihn noch heute. Immer noch wird der Bau als städtisches Rathaus benutzt, wenngleich ein großer Teil inzwischen zu Museumszwecken umgebaut worden ist. An seiner markanten Zinnenfassade und dem vierundneunzig Meter hohen Turm, den die Florentiner nach seinem Erbauer Torre di Arnolfo nennen, ist er auch aus der Entfernung gut zu erkennen. Der Palazzo Vecchio gilt heute in Florenz als das prächtigste erhaltene Bauwerk des Mittelalters. (Weiter auf Seite 71)

Nuovo Ospedale di san Giovanni di Dio

Im Schatten der Via Torre Galli steht eine Frau mit einer stacheligen Kurzhaarfrisur. Sie blickt zum Krankenhaus auf der anderen Straßenseite.

Das Krankenhaus, das Robert Langdon beschreibt, gibt es tatsächlich. Nur nicht im Roman, denn am Ende stellt sich heraus, dass die Krankenhaus-Szene vom Anfang nur inszeniert war. Aber von irgendwo muss Langdon auf Florenz geschaut haben, und das geht am besten – von einem Krankenhaus in der Via Torre Galli. Die Klinik Nuovo Ospedale di san Giovanni di Dio liegt nicht sehr weit von der Altstadt entfernt, südlich des Flusses Arno und westlich der Altstadt. So stimmt auch Langdons Eindruck, denn er sieht hinter den Kuppeln der Altstadt die Morgensonne aufgehen, schaut demnach in Richtung Osten. Robert Langdon hat also offensichtlich ein Zimmer in einem der oberen Stockwerke mit Altstadt-Blick bekommen – wie schön. Leider kann er den Ausblick gar nicht genießen, denn die Erkenntnis, dass er sich in Florenz befindet, schockiert ihn erst einmal.

CIMITERO SOFFIANO

Wo Krankenhäuser liegen, sind Friedhöfe meist nicht weit. Kaum gestartet, braust Langdons Taxifahrer an einem Friedhof vorbei. Und tatsächlich: Nur wenige Häuserblocks hinter dem Krankenhaus finden wir den Cimitero Soffiano. Dan Brown beschreibt den Friedhof nicht näher, und für seine Geschichte spielt er keine Rolle, außer, dass er eine ungefähre Fahrtrichtung auf dem Weg zum nächsten Schauplatz anzeigt.

Auf der Flucht vor der Attentäterin mit der Stachelfrisur zerrt die Ärztin Sienna Brooks den verletzten Robert Langdon aus dem Krankenhaus und in ein Taxi. Der Fahrer braust mit quietschenden Reifen los.

Der Architekt Michelangelo Maiorfi entwarf den Friedhof um 1747, und damals hieß er noch Cimitero della Misericordia. Die Zeit der Medici war vorbei, und in Florenz regierten die Lothringer, die diesen Friedhof in Auftrag gaben. Berühmtheiten sind hier allerdings kaum bestattet. Im Gegenteil: In den ersten Jahren seines Bestehens geriet der Friedhof in einen eher zweifelhaften Ruf, denn hier wurden die im nahegelegenen Krankenhaus Verstorbenen, die keine Angehörigen besaßen, beerdigt. Ihre Skelette grub man dann zu Zwecken pathologischer Studien später wieder aus. Lange Zeit war der sehr verfallene Friedhof geschlossen. Inzwischen sind viele Bauwerke renoviert, und wer in Florenz zwischendurch absolute Ruhe braucht, ist hier gut aufgehoben.

△ Einfach nur zum gesund werden: der Blick von den oberen Stockwerken des Krankenhauses auf die Altstadt ist toll

Cimitero Soffiano

Via di Soffiano, 190
50143 Florenz
Telefon 0039 055 710188
www.misericordia.firenze.it
Öffnungszeiten: Von April bis Oktober täglich von 8.00 bis 12.00 Uhr und 15.00 bis 18.00 Uhr. Von November bis März täglich von 8.00 bis 12.00 Uhr und 14.00 bis 17.00 Uhr. An Sonntagen nachmittags geschlossen

Die kurze Erwähnung des Friedhofes sollten Brown-Leser sich auf der Zunge zergehen lassen: „Draußen huschten in der Dunkelheit geisterhafte Grabsteine vorbei." (Seite 36). Eine derart poetische Ausdrucksweise bietet Dan Brown seinen Lesern selten. Und war nicht in der Szene davor die Sonne aufgegangen? Warum ist es dann jetzt dunkel? Na egal - die Kopfverletzung von Robert Langdon inklusive anschließender Benebelung durch Medikamente bewirkt anscheinend so einiges. Auch, dass Langdon anschließend sofort eindämmert und den weiteren Verlauf der Fahrt nicht mitbekommt. Für die Bewohner dieses Viertels von Florenz hoffen wir mal, dass alle Grabsteine brav an ihrem Platz stehen bleiben und niemals irgendwo hin huschen.

△ *Auch Robert Langdon huscht hier nur vorbei*

Pensione La Fiorentina

Aus den früheren Thrillern von Dan Brown wissen wir, dass er gerne mal zu dramaturgischen Zwecken Straßen oder Gebäude an einen anderen Platz „verlegt". So auch hier: Eine Pensione La Fiorentina gibt es im Stadtteil zwischen Krankenhaus, Friedhof und der Porta Romana nicht. Es gibt aber in der Tat in Florenz eine kleine Pension mit Namen Residenza Fiorentina. Sie liegt in der Nähe des Hauptbahnhofs Santa Maria Novella. Die Drei-Sterne-Unterkunft bietet zweiundzwanzig Zimmer, von denen manche sogar einen schönen Ausblick in Richtung Altstadt haben. Dass Dan Brown sich hier zu Recherchezwecken einmietete, ist allerdings kaum vorstellbar, erwähnt er doch, wenn es um Unterkünfte geht, eher die luxuriösen Paläste „seiner" Städte. Aber für Thriller-Touristen mit kleinerem Budget hat die Residenza Fiorentina in der Tat eine günstige Lage.

Wo Siennas Wohnung genau liegt, verrät uns Dan Brown nicht. Aber auch hier darf Robert Langdon wieder eine wunderschöne Aussicht genießen: Vom Fenster aus erkennt er nicht nur die Pension gegenüber, sondern auch die Domkuppel, den Campanile und den Turm der Badia. Nach der Blickachse zu urteilen, befindet er sich also anscheinend immer noch in der näheren Umgebung des Krankenhauses.

Soweit Dan Browns „phantastische" Schauplätze. Nach der Szene in Siennas Wohnung schickt er die beiden endlich ins echte historische Florenz.

Als Langdon wieder zu sich kommt, befindet er sich in Siennas Wohnung. Von dort aus telefoniert er mit dem amerikanischen Botschafter und nennt als Aufenthaltsort die Pensione La Fiorentina, ein Gebäude, das er auf der anderen Straßenseite erkennen kann.

Residenza Fiorentina

Via de' Fossi 12
50123 Florenz
Telefon 0039 055 282980
Fax 0039 055 283551
www.laresidenzafiorentina.it

Viale Niccolò Machiavelli

Auch in Siennas Wohnung ist Robert Langdon nicht sicher. Schon ist ihm die „Frau mit der Igelfrisur“ (Seite 83) wieder auf der Spur. Aber die kluge Sienna weiß Rat: Sie führt Langdon in die Tiefgarage des Wohnhauses, und von dort flüchten sie auf einem Moped in Richtung Altstadt. Über die Viale Niccolò Machiavelli wollen sie das Stadtzentrum erreichen. Doch schon vor der Porta Romana wird ihre Fahrt abrupt beendet.

Robert Langdon hat Recht, wenn er behauptet, die Viale Niccolò Machiavelli sei eine der schönsten Straßen von Florenz. Für Prachtstraßen ist die Stadt ja eher nicht bekannt, und die Viale Machiavelli, die zur Porta Romana führt, ist eine wunderschöne, kurvige Allee. An beiden Seiten kann man zwischen den dicht stehenden Bäumen hübsche Gärten und Palazzi bewundern. Leider liegt sie eigentlich nicht auf seinem Weg. Zumindest, wenn man den kürzesten Weg vom Krankenhaus am Friedhof vorbei zur Porta Romana nehmen will, was Sienna Brooks eigentlich tun sollte, dann könnte man diese Straße gepflegt rechts liegen lassen. Aber Dan Brown mag schöne Wege. Deshalb führt er seine Helden auch mal über einen kleinen Umweg. Wer ihm folgen mag, für den lohnt sich der Umweg über die Piazzale Galilei, denn dann kurvt man schön gemütlich die Viale Machiavelli hinunter bis zur Porta Romana.

△ *Schöne Aussichten und viel Grün – das sieht man in Florenz nicht an vielen Stellen*

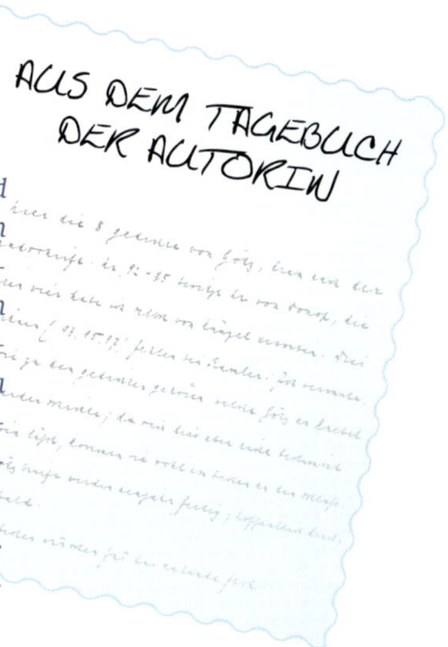

Florenz, 4. Juni 2013

Marco hat Spaß. Marco ist Taxifahrer in Florenz, und er darf sein Geld heute damit verdienen, mich auf den Spuren von Robert Langdon durch seine Stadt zu fahren. Dan Brown, Inferno - si! Marco ist begeistert. Geduldig wartet er am Krankenhaus, während ich fotografiere, dann am Friedhof, schließlich will ich zur Piazzale Galileo. Dort beginnt nämlich die Viale Niccolò Machiavelli, sich den Berg bis zur Porta Romana hinunter zu schlängeln. Für Marco aber hört der Spaß hier auf. Piazzale Galileo? Riesen-Umweg! Marcos Arme fliegen durch die Luft. Niemals fährt Robert Langdon über Piazzale Galileo! Geht viel kürzer!
Ich will in diesem Land keinen Ärger. Wir fahren Marcos Abkürzung. Die schöne Viale Niccolò Machiavelli kriege ich trotzdem vor die Linse. Danke, Marco.

Porta Romana

Sienna blieb vor einem silbernen Trike stehen, einem dreirädigen Moped, das aussah wie eine unansehnliche Kreuzung aus italienischer Vespa und einem großen Dreirad" (Seite 105).

Es ist acht Uhr morgens, als die beiden über die Viale Niccolò Machiavelli in Richtung der Porta Romana fahren. Die Porta Romana ist ein mittelalterliches Stadttor, das die Stadt nach Süden abschirmen sollte. Gebaut wurde es einige Jahre nach Dante Alighieris Tod, im Jahr 1326, und es war zu beiden Seiten mit der florentinischen Stadtmauer verbunden.

Teile des Stadttors wurden im 19. Jahrhundert abgerissen, um einer größeren Fläche Raum zu geben. Auf der Piazzale di Porta Romana treffen sich heute sternförmig insgesamt elf Straßen. Damit ist der Platz in erster Linie ein riesengroßer Verkehrsknotenpunkt südlich des Arno. Wer von dieser Seite Florenz erreicht, kann bei der Durchfahrt durch das alte Gemäuer schon ein erstes Zeugnis der frühen Blütezeit dieser Stadt bewundern.

Das wird eine Hollywood-reife Filmszene: Die schöne Sienna Brooks braust auf einem Trike in Richtung der historischen Altstadt, den immer noch schwer angeschlagenen Robert Langdon auf dem Sozius. Das alles bei Sonnenaufgang im schönen Florenz. Immerhin trägt Langdon inzwischen statt des Krankenhaus-Nachthemds „einen bemerkenswert gut sitzenden Brioni-Anzug von Siennas Nachbarn" (Seite 65).

△ *Auch ohne Polizeikontrolle ist an der Porta Romana genug los*

Insider-Tipp

Wer Robert Langdons Tour genau verfolgen will, kommt an der Porta Romana nicht vorbei. Hier befindet sich nämlich ein Eingang in den Boboli Garten, gleich neben dem Eingang zur Kunstschule von Florenz. Für den Besuch im Boboli Garten sollte man sich ein paar Stunden Zeit nehmen. An den Marktständen der Piazza Romana kann man vorher für das Picknick auf der Wiese einkaufen.

Über diese Mauer ist Robert Langdon mit Sicherheit nicht gesprungen: der Eingang zum Boboli Garten an der Porta Romana

L'Istituto Statale d'Arte

Die Schule der Künste von Florenz, das Istituto Statale d'Arte, wurde 1869 gegründet, lag damals aber noch im Stadtteil Santa Croce. 1923 zogen die Studenten um in das inzwischen denkmalgeschützte Gebäude an der Porta Romana. Erbaut wurde dieser Palazzo von der Familie Medici als Nebengebäude des Palazzo Pitti. Schon damals wurden hier Handwerker und Künstler jeder Art ausgebildet. Dabei wurden die technischen, handwerklichen und kreativen Bereiche der Kunst gleichberechtigt nebeneinander gelehrt. Und Traditionen werden in Italien bewahrt. Im Istituto kann man immer noch all das lernen, was die italienische Kunst über die Jahrhunderte berühmt gemacht hat, aber natürlich ist das Angebot an Kursen auch an die heutige Zeit angepasst worden. Es reicht von Mode bis Architektur und von Design bis Malerei.

Die Durchfahrt an der Porta Romana ist verstopft – ausnahmsweise nicht wegen des morgendlichen Berufsverkehrs, sondern wegen einer Polizeikontrolle. Robert und Sienna verlassen ihr Trike kurz vor einer Baustelle und flüchten zu Fuß weiter. Sie befinden sich unmittelbar vor der Kunstschule von Florenz.

L'Istituto Statale d'Arte

Piazzale di Porta Romana, 9
50124 Florenz
Telefon 0039 055 220521
Bushaltestelle: Porta Romana

Wer heute den „Master of Arts" erreichen will, kann nicht nur etwas über Intarsien oder das Vergolden von Möbeln lernen, über Skulpturen, Bildhauerei, Fresken oder Deckenstuck, sondern inzwischen auch so nette Kurse wie zum Beispiel „Digitales Publizieren mit Adobe" belegen.

Insider-Tipp

Studenten wie Professoren haben bei der Arbeit gerne ihre Ruhe. Deshalb hier die Information: Es gibt keine Möglichkeit, vom Institutsgelände aus über eine Mauer in den Boboli Garten zu springen. Diese schöne Szene entstammt der Phantasie von Dan Brown, und vielleicht hat er dabei schon an die Verfilmung gedacht. Optisch macht es sich ja sehr gut, über eine hohe Mauer zu springen. In der Realität ist aber gar keine Mauer vorhanden. Der Boboli Garten ist von einem schmiedeeisernen Gitterzaun umschlossen.

△ Das Institut braucht gerade selbst eine Fassadenerneuerung. Für die Studenten ist es trotzdem ein schöner Platz zum Lernen – und zum Fußballspielen

Il Giardino di Boboli - Der Boboli Garten

„Als ich zum ersten Mal durch diesen Park ging, wusste ich: Hier muss Robert Langdon eine Szene bekommen“ (Dan Brown im Interview zu *Inferno*). Die Gedanken von Dan Brown kann man sehr gut nachvollziehen, und dafür muss man kein Schriftsteller sein: Der Boboli Garten ist ein wunderschöner und abwechslungsreich angelegter Park, der auf jeden Fall einen ausgiebigen Besuch lohnt. Wer sich nicht so beeilen will wie Robert Langdon, sollte einen halben Tag einplanen und berücksichtigen, dass einige Höhenunterschiede zu überwinden sind. Zahlreiche Wiesen laden zum Picknicken und Ausruhen ein. Zitrusbäume und Zypressen zeigen eindeutig an, dass man sich in der Toskana befindet. Und vor allem: Hier lässt sich wunderbar Verstecken spielen. Die Familie Medici, die 1549 den Palazzo Pitti erwarb und bald darauf der Familie Boboli das angrenzende Grundstück abkaufte, ließ den Garten von mehreren Architekten gestalten und hatte dabei nicht nur im Sinn, schöne Ausblicke zu schaffen, wie das in vielen anderen berühmten Parks der

Robert und Sienna drücken sich an dem offiziellen Eingang zum Boboli Garten an der Piazza Romana vorbei. Über eine (fiktive) Mauer springen sie vom Gelände der Kunstschule aus in den Boboli Garten. Nun beginnt ein längerer „Spaziergang“, denn der Garten ist groß, und seine Wege sind verschlungen.

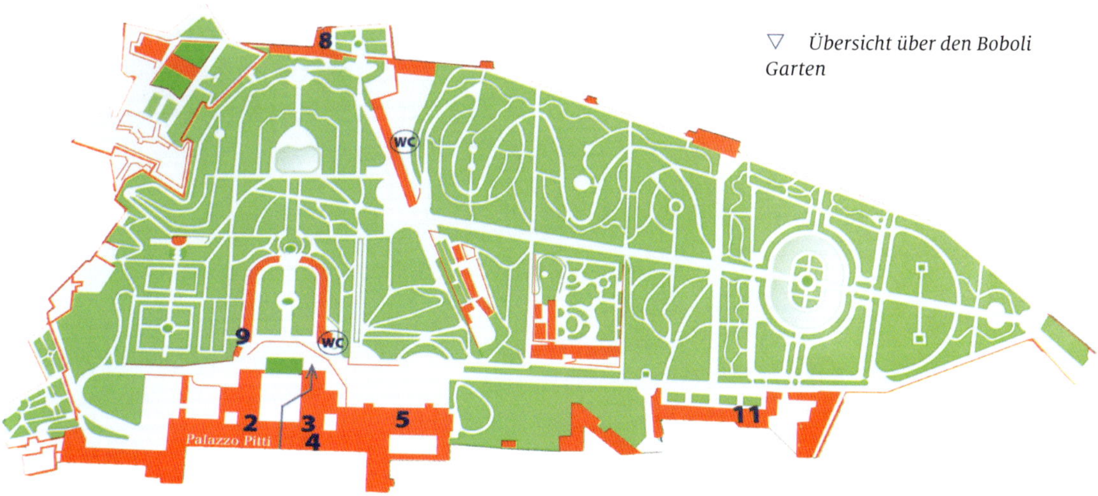

▽ *Übersicht über den Boboli Garten*

△ *Der elliptische Teich im Boboli Garten*

Fall ist. Nein, hier finden sich ungewöhnlich viele hohe Hecken, Labyrinthe, schmale, kurvige, irgendwie verschlungene Wege. Alle paar Meter trifft man auf Renaissance-Kunst. Man könnte es nicht besser formulieren als Dan Brown es tut: „Überall standen Statuen" (Seite 172). Kunst war eben einfach im Überfluss vorhanden, und hier fanden sich Flächen für die vielen Schätze. Man muss sich also vergegenwärtigen, dass der Palazzo Pitti ein komfortables Einfamilienhaus und der Boboli Garten sein umgebendes Grundstück war. Hier erholte die Familie sich von der Arbeit, genoss Freizeit, Ruhe und viel Grün.

Der Architekt Bartolomeo Ammannati gestaltete einen großen Teil des Gartens, des Palastes, und auch viele der Statuen stammen von ihm. Aber auch Vasari, Michelangelo und Buontalenti trugen Bedeutendes bei. Das Amphitheater entstand im 17. Jahrhundert nach Plänen von Alfonso Parigi, der auch für den südlichen Teil des Parks mit dem elliptischen Teich verantwortlich zeichnet.

In der Mitte wird der Garten von einer großen Allee geteilt, dem Viottolone. Was Robert Langdon verschweigt: Der Viottolone ist äußerst steil. Wer sich bei sommerlichen Temperaturen auf diesen Weg macht oder sogar rennt wie Robert und Sienna, kommt definitiv ins Schwitzen. Am höchsten Punkt angekommen, wird man aber mit einem wunderschönen Blick über die Dächer der Stadt belohnt. Für Touristen ist der Viottolone in erster Linie ein sicherer Weg, denn hier kann man sich kaum verlaufen. Rechts und links geht es in zahlreiche von hohen Hecken umwachsene Seitenwege und Labyrinthe. Da verliert man schon einmal die Orientierung. Insofern hatte Dan Brown eine glänzende Idee, für die Suche im Boboli Garten eine Drohne einzusetzen – anders als von oben findet man hier niemanden!

Dem unkundigen Besucher hilft auf jeden Fall eine Karte. Trotzdem ist es fast unmöglich, sich im Boboli Garten nicht zu verlaufen. Es sei denn, man heißt Robert Langdon. Der Professor, der sich trotz Kopfwunde und Amnesie hier

△ *"Überall standen Statuen."*
– Kunst am Viottolone

absolut ortskundig präsentiert, weiß nicht nur genau, wo er hin muss, sondern erklärt seiner Begleiterin auch noch, was es unterwegs Hübsches zu sehen gibt. Also los!

Bald hinter dem Eingang Porta Romana erreicht man den „elliptischen Teich mit einer Insel" (Seite 172). Tatsächlich ist die Insel von Zitronenbäumen in Terrakotta-Kübeln umringt, und im Juni 2013 tragen sie sogar dicke gelbe Früchte. Gleich hinter dem Teich mit dem imposanten Ozeanbrunnen in der Mitte schließt schnurgerade die Zypressenallee Viottolone an. Den im Roman erwähnten Tunnel daneben, (Seite 172) gibt es tatsächlich: eine sehr schmale, Schatten spendende Parallelstraße.

Oben angekommen, läuft man geradewegs auf den Neptunbrunnen zu. Rund um den Brunnen mit der hoch aufragenden Neptunstatue und ihrem Wasserspiel laden große Wiesen zum Ausruhen ein, aber unweigerlich zieht es den Besucher nach links, denn in der Ferne schaut unverkennbar Brunelleschis Domkuppel zwischen den Blättern hindurch. Hinter einer Brüstung präsentiert sich nicht nur ein wunderschönes Bild der Altstadt von Florenz, auch das „hübsche kleine Häuschen ... der Dynastie von Tiefstaplern" (Seite 175) namens Palazzo Pitti ist erstmals zu sehen - von hinten allerdings und in Dan Browns Wahrnehmung „imposant", „verschlossen" und mit einer „Aura von unbeugsamer Autorität" (Seite 176).

Man könnte nun auf dem kürzesten Weg zum Palast hinunter laufen. Schöner ist es aber, wieder zum Neptun-

△ *Keine Drohne, nur ein ganz normaler Hubschrauber über dem Boboli Garten*

Insider-Tipp

Der Haupteingang zum Boboli Garten liegt am Palazzo Pitti. Der für Inferno-Fans interessantere Eingang an der Porta Romana ist nicht immer geöffnet. Deshalb also besser vor Ort fragen, wenn man diesen Eingang ansteuern möchte.

brunnen zurückzukehren (also den Berg wieder herauf) und noch ein Stück weiter nach links durch den Park zu wandern. Dann erreicht man eine Stelle, von der man geradeaus zum Palast hinunter steigen kann und mitten durch das Amphitheater geführt wird. Unten fällt man dann beinahe in „die größte Badewanne der Welt“ (Seite 177). Das übergroße Granitbecken stammt aus den Caracalla-Thermen in Rom und wurde um 1700, als das Amphitheater entstand, hier aufgestellt. Man kann sich gut vorstellen, dass die Medici mit Freunden und Gästen hier rauschende Feste feierten.

△ *Der Neptunbrunnen im Boboli Garten*

Robert und Sienna drücken sich in einem schmalen Tunnel durch den Palast. Man kann auch entspannt auf der rechten Seite um den Palast herumgehen und erreicht nach einer langgezogenen Kurve unten den Eingang zur Grotta Grande, einer wirklich sehenswerten Grotte, die von den Florentinern nach ihrem Erbauer auch Grotta di Buontalenti genannt wird. Bernardo Buontalenti, Maler, Architekt und Ingenieur in einer Person – im alten Italien war das durchaus eine übliche Kombination – entwarf die Grotte für seinen Förderer Cosimo I. de Medici im 16. Jahrhundert. Der große Raum mit den Stalaktiten-Nachbildungen ist sehenswert, Sienna versteckt sich jedoch lieber in einem der hinteren Räume.

Natürlich hat Dan Brown bemerkt, dass sich neben der Grotte eine kleine, unscheinbare graue Holztür befindet. Ist hier nicht das Ende des Vasari-Korridors? Ja, genau so ist es. Gelegentlich öffnet sich diese unscheinbare Tür von innen, und Besucher, die den Vasari-Korridor besichtigt haben, kommen heraus.

Ein paar Meter vor dem Eingang zur Grotte sitzt der berühmte Hofzwerg. Nackt natürlich. Auf seiner Schildkröte. Angeblich lebte Pietro Barbino tatsächlich zu Zeiten der Medici in Florenz. Cosimo ließ ihn zum Gedenken in Marmor verewigen.

Boboli Garten

Piazza Pitti 1
Florenz
Telefon 0039 055 2388 786
E-Mail: giardino.boboli@polomuseale.firenze.it
www. polomuseale.firenze.it/musei/boboli
Öffnungszeiten:
Oktober bis März: täglich von 8.15 bis 16.30 Uhr, April, Mai, September bis 18.30 Uhr, Juni bis August bis 19.30 Uhr.
Eintritt ca. 10 Euro.
Am Eingang erhält man einen Plan, auf dem alle offiziellen Sehenswürdigkeiten im Park eingezeichnet sind.

△ *Schönheit geht tatsächlich anders: der Hofzwerg Barbino auf seiner Schildkröte*

Insider-Tipp

Das von Dan Brown erwähnte Kaffeehaus liegt nicht auf Robert Langdons Weg, lohnt aber einen kleinen Abstecher. Vom Palazzo Pitti aus folgt man einfach der Beschilderung nach oben. Unterhalb des Kaffeehauses gibt es noch einmal einen schönen Aussichtspunkt mit Dom-Blick.

Grotta di Buontalenti

Die Grotte wird jeweils zur vollen Stunde für kurze Zeit geöffnet. In der Regel ab 11.00 Uhr, letztmalig von Juni bis August um 18.00 Uhr, von November bis Februar um 16.00 Uhr, in den übrigen Monaten um 17.00 Uhr.

△ *In dieser Grotte versteckt sich Sienna. Die kleine graue Tür unten links im Bild führt in den Vasari-Korridor*

Hintergrund: ***Die Familie Medici***

Über die Familie Medici sind Bücher geschrieben und Fernsehfilme gedreht worden. Was es über sie zu erzählen gibt, reicht auf jeden Fall für ein eigenes Buch. In Dan Browns *Inferno* spielen sie keine Rolle, denn Dan Brown beschäftigt sich mit den Spuren Dantes und der Zeit um 1300. Die Familie Medici wurde aber erst etwa 130 Jahre später in Florenz aktiv. Wer heute die historische Altstadt besucht, kommt beinahe an jeder Straßenecke an irgendeinem Bau- oder Kunstwerk vorbei, das mit den Medici zu tun hat oder auf sie zurück führt. Sie haben die Stadt in einer Weise beeinflusst, die ihresgleichen sucht. Deshalb hier ein ganz knapper Versuch einer Einordnung, der aber selbstverständlich der Bedeutung dieser Familie nicht annähernd gerecht werden kann. Wer mehr über die Medici wissen möchte, findet am Ende dieses Buches Literaturtipps.

Ein kleiner Blick zurück in die Geschichte der Stadt: 1301 wurden Dante Alighieri und seine Regierung aus der Stadt verbannt. Florenz blickte einer gar nicht rosigen Zukunft entgegen. Das 14. Jahrhundert war gekennzeichnet durch Katastrophen: Schlachten, finanzielle Verluste, Überschwemmungen und schließlich die Pest-Epidemie. Verschiedene, meist ausländische Regenten brachten der Stadt kein Glück. Das änderte sich erst, als zu Anfang des 15. Jahrhunderts die ersten Vertreter der Familie Medici in Florenz eine Rolle spielten. Giovanni de Medici leitete eine Bank in Rom. Als Bankier des Papstes hatte er es zu Vermögen gebracht, Filialen seines Bankhauses in Florenz und Venedig eröffnet. Sein Sohn Cosimo der Ältere erbte 1429 bereits ein beträchtliches Vermögen. Obwohl noch jung, war er in Florenz angesehen, und obwohl offiziell Privatmann, bestimmte er durch zahlreiche Freunde in der Signoria die Politik der Stadt mit. Dass große Teile seines Vermögens in Form von Stiftungen in Kirchen und Klöster wanderten oder kleineren Bürgern durch seinen Einfluss Steuern erlassen wurden, verschaffte ihm noch mehr Freunde. Unter anderem wirkte er an der Entscheidung mit, dass der Architekt Brunelleschi den Auftrag erhielt, dem neu erbauten Dom eine Kuppel aufzusetzen. Cosimo war intelligent und gebildet, er war Kaufmann wie Humanist. Seinen Kunstsinn vererbte er seinen Kindern. Während Cosimo mit seinen Stiftungen den Bau mehrerer Kirchen ermöglichte, galt sein Sohn Piero als großer Kunstsammler und sein Enkel Lorenzo Il Magnifico als Freund der Architektur. Gegen Ende des 15. Jahrhunderts wurden die Medici nach einem politischen Fehler aus Florenz vertrieben. Ihre erste Epoche in der Stadt war beendet.

Achtzehn Jahre später, 1512, erhielten sie die Erlaubnis, als Privatpersonen zurück zu kehren. Politischer Einfluss kam aber erst wieder, als Cosimo I. im Jahr 1537 Herzog wurde.

△ *Das „unscheinbare" Einfamilienhaus der Medici: Von der Rückseite zeigt sich der Palazzo Pitti tatsächlich etwas verschlossen*

1540 übernahm er den Palazzo Vecchio als Regierungsgebäude. Weil es ihm gelang, mit der Eroberung Sienas das Gebiet zu vergrößern, wurde er 1569 vom Papst zum Großherzog der Toskana gekrönt. In seine Regentschaft fielen Bauten wie die der Uffizien und des Bargello, des Palazzo Pitti, des Boboli Gartens und des Vasari-Korridors. Die Kunst diente ihm persönlich zur Eitelkeit und politisch als von der Bevölkerung gerne toleriertes Mittel der Machtdemonstration. So förderte und beauftragte er eine ganze Reihe von begabten Künstlern und Architekten über viele Jahre. Unter ihnen sein „Hausarchitekt" Giorgio Vasari, aber auch Michelangelo Buonarotti, Sandro Botticelli und Leonardo da Vinci. Mit dem Blick von heute scheint es beinahe das größte Talent der Familie gewesen zu sein, dass gleich mehrere Mitglieder ein so sicheres Gespür für künstlerische Ausnahmetalente besaßen – und deren Arbeiten über viele Jahrzehnte bezahlen konnten.

Als die Erfolgsepoche der Medici-Erben zu Ende ging, fiel die Toskana nach 1700 an Lothringen. Die Medici starben aus. Ihre letzte Erbin, Anna Maria Luisa, vermachte den gesamten Besitz ihrer Familie dem Staat und verfügte, dass alle Schätze zum Nutzen der Öffentlichkeit und für Fremde zugänglich sein sollten. Florenz kann, muss sogar dieser Familie heute sehr dankbar sein. Wie auch immer man einzelne Vorkommnisse ihrer Regierungszeit beurteilen mag – was die Medici der Stadt an Kunst schenkten, ist unbeschreiblich. Mit ihrem Vermögen schufen sie Werte, von denen Florenz heute noch lebt.

Ponte alle Grazie

Die vermeintliche Attentäterin Vayentha ist immer noch hinter Robert Langdon her. Sie vermutet, dass er über den Ponte Vecchio in die Altstadt kommt. Deshalb braust sie mit ihrem Motorrad über den benachbarten Ponte delle Grazie, um Robert Langdon auf dem anderen Arno-Ufer in Empfang zu nehmen.

Der 4. August des Jahres 1944 war ein historischer Tag in Florenz. An diesem Tag ließen deutsche Alliierte sämtliche Arnobrücken sprengen mit Ausnahme des Ponte Vecchio. Aber vom Ponte delle Grazie, der hier seit dem Jahr 1237 die Altstadt mit dem Viertel Oltrarno verband, blieb nichts stehen. Die Brücke wurde nach dem Krieg wieder aufgebaut, allerdings nach neuen Plänen und unter den damaligen Bedingungen: Es musste eben mit weniger Menschenkraft, weniger Geld und in kurzer Zeit vieles wieder in Stand gesetzt

werden. Die Nachkriegs-Bauphase geriet nicht zur Epoche architektonischer Kostbarkeiten, und das sieht man der heutigen schlichten Steinbrücke an.

▽ *Vayentha braust auf ihrem Motorrad über den Ponte alle Grazie in die Altstadt*

Ponte Vecchio

Vayentha wartet am Ufer des Arno auf Robert Langdon. Um sich die Zeit zu vertreiben, betritt sie den Ponte Vecchio und kauft sich an einem Stand eine Kappe.

Der Ponte Vecchio ist die älteste Brücke von Florenz über den Arno, und das aus einem eher unschönen Grund. Sämtliche anderen Brücken der Stadt wurden nämlich, wie zuvor erwähnt, während des Zweiten Weltkrieges gesprengt. Allein

der Ponte Vecchio blieb weitgehend unversehrt, lediglich der über der Brücke befindliche Vasari-Korridor wurde zerstört.

An der Stelle des Ponte Vecchio ist schon seit dem 10. Jahrhundert eine mittelalterliche Holzbrücke dokumentiert. Immer wieder musste diese nach Kämpfen und Überschwemmungen erneuert werden. Die jetzige Brücke ent-

△ *Die berühmteste Brücke von Florenz: der Ponte Vecchio*

◁ *Geschäfte auf dem Ponte Vecchio*

stand in der Mitte des 14. Jahrhunderts. Der Hausarchitekt der Medici, Giorgio Vasari, setzte ihr später den Korridor auf und befasste sich aus diesem Grund intensiv mit dem Bau. In seinen Schriften sind als Architekten Tadeo Gaddi und Neri di Fioravanti erwähnt, die als Bauleiter und ausführender Architekt ein für damalige Verhältnisse großartiges Meisterwerk abgeliefert hatten. Denn die Konstruktion einer Steinbrücke, bestehend aus drei großen, flachen Bögen, gilt als eine der ersten Segmentbogenbrücken der Welt. Üblich war allerdings die Bebauung der Brücke mit Geschäften zu beiden Seiten. Dies kennt man auch aus anderen Städten, zum Beispiel von der nicht weniger berühmten Rialto-Brücke in Venedig (siehe Seite 150).

Zunächst „gehörte" die Brücke den Gerbern und Schlachtern. Weil deren Geschäfte aber vor allem im Sommer zu starker Geruchsbelästigung führten, erwirkte der Großherzog Ferdinando I. im Jahr 1593 per Dekret, dass statt der „schmutzigen Handwerker" nur noch Goldschmiede dort handeln dürften. Diese strenge Regel ist heute zwar aufgehoben, doch sind die Geschäfte auf der Brücke traditionell immer noch in Händen der Juweliere. Wenn man, wie die „Attentäterin" Vayentha im Roman, eine Kappe kaufen möchte, muss man schon zwischen all den Ringen und Kettchen auf die Suche gehen. Wer im verregneten Frühjahr 2013 in Florenz weilte, hatte eher die Chance auf einen Stand voller Regenschirme.

Il Corridoio Vasariano – der Vasari-Korridor

Der Corridoio Vasariano (Vasari-Korridor) gehört zum Komplex der Regierungsgebäude in Florenz. Um seine Bedeutung zu verstehen, muss man sich die Bedingungen der Bauzeit vergegenwärtigen: Wir sind im 16. Jahrhundert, der Regierungszeit der Familie Medici. Die Familie hatte die Praxis

aufgelöst, dass im Palazzo Vecchio regiert *und* gewohnt wurde. Sie hatte sich auf der Südseite des Arno ein privates Zuhause geschaffen: Im Palazzo Pitti, umgeben vom Grün des Boboli Gartens, lebte die Familie. Die Regierungsgebäude lagen jedoch auf der anderen Seite des Flusses. Das war zunächst noch der Palazzo Vecchio, doch im Jahr 1560 beauftragte Cosimo I. de Medici seinen Lieblingsarchitekten Giorgio Vasari mit dem Bau eines neuen Verwaltungsgebäudes, und die Uffizien entstanden. Mit dem Ponte Vecchio gab es eine nahegelegene Brücke zum Arno-Nordufer, doch die war nicht für alle Gelegenheiten geeignet. Einen sicheren Verbindungs- und Fluchtweg wünschten sich die Regierenden, und so setzte Vasari der Brücke im Jahr 1565 in nur fünf Monaten Bauzeit einen Tunnel auf den Kopf – einen der berühmten florentinischen Geheimgänge. Der rund einen Kilometer lange Gang beginnt auf der Nordwestseite des Palazzo Pitti, führt dann über die Brücke, ein Stück am Ufer entlang, an der Südseite in das Gebäude der Uffizien hinein und verbindet auch noch am nördlichen Ende die Uffizien mit der zweiten Etage des Palazzo Vecchio.

Robert und Sienna haben es mit einer List geschafft, vom Boboli Garten in den Vasari-Korridor zu gelangen. Nun rennen sie durch den rund einen Kilometer langen Schlauch auf die andere Seite des Arno: über den Ponte Vecchio, ein Stück am Flussufer entlang, durch den Gebäudekomplex der Uffizien bis zum eigentlichen Eingang des Korridors im Palazzo Vecchio.

△ *Der Geheimgang der Medici über den Ponte Vecchio*

Was Cosimo I. de Medici als Sicherheit diente, wird heute nicht mehr offiziell benötigt. Ohnehin war der Korridor seit dem Zweiten Weltkrieg stark beschädigt. Er wurde erst spät wieder rekonstruiert und 1973 neu eröffnet. Sein Inneres ist so schlicht wie es sich für einen Geheimgang gehört. Vielleicht auch deshalb beschloss man, an den langen Wänden wenigstens Bilder aufzuhängen. Außerdem hatte Florenz schon lange ein Platzproblem. Und so wird der Vasari-Korridor heute dazu genutzt, einen kleinen Teil der vielen Kunstwerke, die in den Uffizien keinen Raum mehr fanden, aufzunehmen. Mit der neuen Nutzung fanden hier Selbstportraits international berühmter Künstler einen langen, schmalen Raum. Andere Städte bräuchten dafür kaum eine Garage, in Florenz dagegen präsentieren sich die großen Meister gleich auf mehreren hundert Metern.

Der Korridor ist für die Allgemeinheit nicht zugänglich. Im testamentarischen Sinne der letzten Medici dürfen aber – ausschließlich im Rahmen von Führungen – gelegentlich Besucher hinein, um Architektur und ausgestellte Kunst zu betrachten. Die Führung findet dann in umgekehrter Richtung statt, also von den Uffizien bis zum Palazzo Pitti. Und leider kann man den Korridor nicht vollständig begehen und muss auf das erste spannende Stück, das zwischen

Corridoio Vasariano

Lungarno degli Archibusieri
50122 Florenz
Der Vasari-Korridor ist geschlossen. Die Besichtigung ist nur im Rahmen einer Führung nach vorheriger Anmeldung möglich. Eingang und Anmeldung über die Galleria degli Uffizii, Piazzale degli Uffizii, Florenz
Telefon 039 055 238 86 51
E-Mail: direzione.uffizii@polomuseale.firenze.it
www.polomuseale.firenze.it
Führungen werden auch von privaten Veranstaltern, z.B. www.ticketsflorence.com angeboten. Führungen ab ca. € 50,00 für Erwachsene

Palazzo Vecchio und Uffizien einen Blick von oben auf die Piazza della Signoria erlaubt, verzichten. Das hat einen simplen Grund: Der Palazzo Vecchio gehört als Rathaus der Stadt Florenz. Die Uffizien unterstehen dem Staat Italien. Zwei italienische Behörden bieten die Chance auf zwei unterschiedliche Meinungen, wenn es darum geht, sich auf eine gemeinsame Nutzung zu einigen. Die Tür zwischen den Behörden ist jedenfalls fest verschlossen. Weshalb Rundgänge für Touristen immer erst in den Uffizien beginnen. Vielleicht ändert sich das ja bald, wenn mit Dan Browns *Inferno* die Nachfrage nach vollständigen Begehungen wächst. Die letzte Tochter der Medici hätte sich das ohnehin vermutlich anders gewünscht.

Wir halten also fest: Robert Langdons und Sienna Brooks' Fluchtweg entspringt der Phantasie des Autors. Ohnehin sind die beiden im Vasari-Korridor als „Geisterfahrer" unterwegs.

△ Das letzte Stück des Vasari-Korridors verbindet die Uffizien mit dem Palazzo Vecchio. Hier, zwischen dem Staat Italien und der Stadt Florenz, ist die Tür leider fest verschlossen

◁ Entlang des Arno-Ufers bildet der Vasari-Korridor einen schönen Arkadengang

Galleria degli Uffizii

Die Uffizien, wie wir sie nennen, spielen in Dan Browns *Inferno* keine wichtige Rolle. Natürlich kommt Robert Langdon auf seinem Weg durch die Altstadt an ihnen vorbei, das lässt sich angesichts der Größe des Komplexes kaum vermeiden. Und natürlich hat der kunsthistorisch bewanderte Robert Langdon wie zu jedem anderen Bauwerk, das er nur aus den Augenwinkeln erblickt, ein paar Sätze zu erzählen. Für sein großes Rätsel jedoch sind die Uffizien nicht wichtig. Außerdem sind wir hier, was die Entstehungszeit betrifft, endgültig in der Zeit der Medici angekommen, also lange nach Dante Alighieri.

Dennoch gehören die Uffizien in Bezug auf Architektur und Nutzung zu einem Komplex verschiedener Gebäude der Signoria, die aus heutiger Sicht alle der Stadtregierung, später sogar der Landesregierung dienten. Darunter fallen neben dem Palazzo Vecchio als ältestem Regierungsgebäude der Stadt eben auch die Uffizien, die seit Mitte des 16. Jahrhunderts als erstes Verwaltungszentrum für dreizehn Ämter und Ministerien erbaut wurden, sowie die Piazza della Signoria, der nebenan gelegene Palazzo Bargello mit seiner lange Zeit richterlichen und polizeilichen Funktion sowie ergänzend weitere angrenzende Bauten wie zum Beispiel die als Veranstaltungshalle gedachte Loggia dei Lanzi. Diesen ganzen Komplex, der am Flussufer beginnt und sich nach Norden bis zum Palazzo Vecchio erstreckt, muss man als zusammen gehörig betrachten, zumindest, was seine historische Funktion betrifft. Und wenn man es genau nimmt, gehört auch noch der Vasari-Korridor mit seinem Zugang bis in den Palazzo Pitti auf der Südseite des Arno hinzu. In diesem Kreis bewegten sich die Medici und alle, die für sie arbeiteten. Und weil Geld keine Rolle spielte, ließen sie bauen, bauen, bauen.

Die Uffizien waren also als profanes Verwaltungsgebäude geplant („uffizio“ bedeutet „Büro“ oder „Amt“). An ihrer Größe kann man den Machtanspruch des Herzogs Cosimo I. de Medici ablesen, der keinesfalls nur für die Stadt Florenz, sondern für das gesamte Herzogtum Toskana dachte und plante. Sein Architekt Giorgio Vasari, den auch Robert Langdon gut kennt, durfte sich hier künstlerisch verwirklichen. Er begann 1560 mit dem Bau, der bei seinem Tod 1574 noch lange nicht fertig gestellt war und von Bernardo Buontalenti weiter geführt wurde. Vasari schrieb in seinen Aufzeichnungen, dass es sich um die größte architektonische Herausforderung seines Lebens gehandelt habe, denn nicht nur der weiche Sandboden am Arnoufer machte ihm zu schaffen, sondern auch die Tatsache, dass sich dort, wo die Uffizien einmal stehen sollten, bereits ein ganzer florentinischer Stadtteil befand. Die meisten Häuser musste Vasari abreißen lassen, eine Kirche ließ er jedoch stehen und baute seine Uffizien einfach darum herum, weswegen man heute gleich neben dem Kassenbereich am Eingang mittelalterliche Kirchengewölbe erkennen kann.

△ *Der ganze Stolz von Cosimo I. und seinem Hausarchitekten Giorgio Vasari: früher Cosimos Büro, heute eines der berühmtesten Museen der Welt*

Vasaris Bau ist als großes U angelegt, das sich nach Norden zur Piazza della Signoria hin öffnet. Die langen Korridore der beiden Flügel, „gallerie" genannt, gaben den Namen. Denn nach dem Ende der Medici-Epoche wurden die Räume in der bisherigen Funktion nicht mehr gebraucht. Allein, die Medici selbst hatten schon eine umfangreiche Kunstsammlung angehäuft. Als dann im 19. Jahrhundert auch noch zahlreiche Klöster aufgelöst wurden und ihre Schätze neuen Raum benötigten, entstand nach und nach das, was heute jährlich Millionen von Touristen betrachten: eine der größten und bedeutendsten Kunstsammlungen der Welt.

Galleria degli Uffizii

Piazzale degli Uffizii, Florenz
Telefon 039 055 238 86 51
E-Mail: direzione.uffizii@polomuseale.firenze.it
www.uffizii.firenze.it
Öffnungszeiten: Täglich außer Montag von 8.15 Uhr bis 18.50 Uhr, Eintritt für Erwachsene: ca. € 6,50

CAFÉ RIVOIRE

„Kein Trip zur Piazza war perfekt ohne einen Espresso im Café Rivoire", schreibt Dan Brown auf Seite 217 seines „Inferno". Während er Robert Langdon durch den Vasari-Korridor in den Palazzo Vecchio schickt, träumt der Autor von einem beschaulichen Morgen auf einem seiner Lieblingsplätze in Europa. Und nirgends hat man einen besseren Blick auf die Piazza und den alten Palazzo als von einem Terrassenplatz des Café Rivoire.

Robert Langdon besitzt einen erlesenen Geschmack, das wussten wir schon. Dass er auch ein Liebhaber exzellenter Schokolade ist, ist neu. Natürlich kann man auch ins Café Rivoire gehen, um einen leckeren Cappuccino oder abends einen Cocktail zu trinken. Oder um einfach auf der Terrasse zu sitzen und am ersten Platz der Stadt einen Blick auf das Treiben auf der Piazza della Signoria, die Zinnen des Palazzo Vecchio oder die davor prangenden „nackten Statuen" zu werfen. Besonders in den Abendstunden ist das Licht dafür schön. Und die Lage des Cafés am anderen Ende der Piazza della Signoria genau gegenüber dem Eingang zum Palazzo Vecchio könnte nicht besser sein.

Eigentlich aber ist man hier, um erstklassige Schokoladenkunst zu genießen. Henry Rivoire, ein Franzose und einst Chocolatier der königlichen Familie von Savoyen, gründete an dieser Stelle im Jahr 1872 seine Schokoladenfabrik, und schon damals war ihm ein elegant eingerichteter Raum für das angrenzende Café wichtig. Beides wird heute noch betrieben, und auf die hausgemachte Schokolade ist man im Café Rivoire sehr stolz. Die Kunst der Bildhauerei erwirbt man in Florenz offensichtlich mit der Muttermilch, und so sollte sich niemand wundern, der im Schaufenster ganze Mannschaften aus kleinen Michelangelo-Statuen in Vollmilch und Zartbitter entdeckt.

Café Rivoire

Piazza della Signoria, 5, 50122 Florenz, Telefon 0039 055 214412
Öffnungszeiten: täglich von 7.00 bis 0.00 Uhr
E-Mail: rivoire.firenze@rivoire.it, www.rivoire.it

Palazzo Vecchio II

Hier, im Palazzo Vecchio, spielt eine der spannendsten Szenen des Romans, zumindest was die Schauplätze betrifft. Denn Dan Brown schickt seine Helden und mit ihnen seine Leser nun auf eine Tour durch den mittelalterlichen Palast, und zwar sowohl durch offizielle Museumssäle als auch durch geheime Gänge, die für Touristen natürlich nicht ohne weiteres zugänglich sind. Und auch wenn Dan Brown im Vorwort seines Romans behauptet, dass alle beschriebenen Kunstwerke tatsächlich existieren und alle historischen Hintergründe wahr seien – bei den Wegen, die Robert Langdon nimmt, ist dann doch eine große Portion Phantasie im Spiel. Schon beim Betreten des Palazzo fängt es an: Denn der Vasari-Korridor führt in die zweite Etage. Robert und Sienna stehen aber offensichtlich im Erdgeschoss, denn ohne eine Treppe zu überwinden landen sie im Salone dei Cinquecento, dem Saal der Fünfhundert.

Robert Langdon und Sienna Brooks haben es durch den Vasari-Korridor bis in den Palazzo Vecchio geschafft: „Wir sind drin" (Seite 218). Leider wissen sie nicht genau, wonach sie suchen. Das ist eine schöne Gelegenheit für Dan Brown, die beiden auf eine Sightseeing-Tour durch die geheimen Gänge des Palazzo zu schicken.

◁△ *Für einen Besuch im Café Rivoire sollte man mehr Zeit haben als Robert Langdon und die Schokolade aus der hauseigenen Manufaktur genießen*

AUS DEM TAGEBUCH DER AUTORIN

Florenz, 4. Juni 2013

Vor dem Palazzo Vecchio treffe ich Monaci Giaele. Sie will mir die geheimnisvollen Wege des Robert Langdon zeigen. Eine Stunde lang kraxeln wir treppauf und treppab, manchmal über breite Treppen, vor allem aber durch dunkle Kammern und schmale Flure, öffnen kleine Fensterchen zu Nebenräumen und tasten uns im Dunkeln steinige Wendeltreppen hinunter. Schon nach wenigen Minuten habe ich in diesem Gemäuer komplett die Orientierung verloren. Gut, dass sich wenigstens eine von uns auskennt.

Besonders interessiert mich der berühmte Saal der Fünfhundert, wo ich sogar fotografieren darf. Der Anblick von der Galerie in den riesigen Saal lässt mich erst einmal stumm staunen. Aber was steht da unten alles auf dem historischen Fußboden herum? Es sieht eher nach Baustelle als nach Festsaal aus. Und warum laufen überall Handwerker mit Bohrmaschinen herum? „Das ist für Dan Brown", erklärt Monaci. „Morgen Abend stellt er hier sein neues Buch vor." Dan Brown hat sich also für seinen einzigen Auftritt in Italien den Saal der Fünfhundert im Palazzo Vecchio ausgesucht. Nicht schlecht.

Monaci führt mich weiter. „Nach der Szene im Studiolo flüchtet Robert Langdon hier hinaus", sie zeigt auf eine Tür. „Wollen Sie mal sehen, wo er ankommen würde, wenn er tatsächlich diesen Ausgang nehmen würde?" Mit einem breiten Grinsen schließt sie die Tür auf und ich schaue eine mittelalterliche Mauer hinunter. Fünf Meter unter mir liegt Florenz. Hmm. Kein guter Fluchtweg. Monaci lächelt. „Die Wege des Robert Langdon sind manchmal unergründlich."

Il Salone dei Cinquecento – der Saal der Fünfhundert

Der Saal der Fünfhundert ist zweifellos das Glanzstück des Palazzo Vecchio. Ganz egal, ob man unten im Saal steht oder von der Galerie oben in den Saal hinunter schaut – der Eindruck ist überwältigend. Über fünzig Meter in der Länge und achtzehn Meter in der Höhe misst der Saal, und er ist über und über mit Wand- und Deckenfresken geschmückt.

Das war nicht von Anfang an so, denn geschaffen wurde der Saal von Girolamo Savonarola, der nach der ersten Vertreibung der Medici für kurze Zeit in Florenz regierte. In dieser Phase gründete er einen Rat, dem fünfhundert Bürger angehörten. Der „Rat der Fünfhundert" gab dem Saal nicht nur den Namen, sondern auch die notwendige Größe. Savonarola hing wenige Jahre nach Amtsantritt schon auf der Piazza della Signoria am Galgen. Zu mehr als einem großen leeren Raum

◁ △ *Der Saal der Fünfhundert ist das Schmuckstück des Palastes*

hatte seine Zeit nicht gereicht. Den konnte der kunstliebende Cosimo I. de Medici nur als Spielwiese betrachten, nachdem er in Florenz das politische Zepter übernommen hatte. Und vielleicht ist dieser Saal das schönste, weil prächtigste Zeugnis der perfekten Zusammenarbeit zwischen Cosimo, dem Förderer, und Vasari, seinem Architekten. Cosimo jedenfalls schien die Größe des Saals gerade angemessen, und Vasari schuf die gesamte heute noch erhaltene Innenausstattung mit der farbigen Kassettendecke und vor allem den sechs Wandfresken, die sich, drei an jeder Seite, über die kompletten Längsseiten erstrecken. Eines dieser Bilder – es zeigt Schlachtszenen wie alle andern auch – enthält die im Roman so wichtige Botschaft „cerca trova" („suche und finde", Seite 225), und wie Dan Brown behauptet, ist sie in einer kleinen grünen Flagge versteckt. Erkennen kann man die Schrift allerdings kaum: von unten gar nicht, schon eher von der Galerie in der ersten Etage, wo man zwar etwa auf Höhe der Flagge steht, aber dennoch ein Fernglas benötigt.

Il Studiolo

Robert Langdon, der immer noch nicht weiß, wonach er eigentlich sucht, läuft unschlüssig durch den Palazzo Vecchio und landet in einem kleinen Raum: dem Studiolo.

Ein hübsches kleines Studierzimmer, ganz nach dem Geschmack der Medici, ist das Studiolo.

Ein gefangener Raum, fensterlos, mit einem Tonnengewölbe und zahlreichen Bildern an den Wänden, die sich in alle möglichen Richtungen drehen lassen, Geheimfächer verbergen und andere Originalitäten aufweisen. Die Frage nach dem Architekten stellt sich eigentlich nicht – auch hier war der unermüdliche Giorgio Vasari am Werk. Unter seiner Leitung arbeiteten allerdings auch mehrere andere Künstler an der Gestaltung des Raumes, der Francesco de Medici, dem Sohn Cosimos I. gehörte. Francesco war naturwissenschaftlich interessiert und bewahrte in den verborgenen Wandnischen Edelsteine, Mineralien und andere Schätze auf.

△ *Das Original der Totenmaske von Dante Alighieri ist in einem schmalen Flur des Palazzo Vecchio ausgestellt*

▷ *Ein Studierzimmer, geschmückt mit Bildern an den Wänden. Bücherregale brauchte man damals noch nicht*

La Sala delle Carte Geografiche - Der Kartensaal

Auf dem Sicherheitsvideo ist für alle erkennbar, dass Robert Langdon Dantes Totenmaske gestohlen hat. Die Kuratorin und ein Wachmann versuchen, Robert und Sienna festzuhalten, doch beide können fliehen und sind nun wieder in den geheimen Gängen des Palazzo Vecchio unterwegs.

Robert Langdon will nach Armenien. Sienna ist verwirrt, aber der Professor weiß, was er tut, hat er doch vor Jahren einmal eine Führung durch diesen Palast erlebt. Und wenn im Kartensaal plötzlich eine Karte aufschwenkt und zur Geheimtür wird, dann ist das ein Erlebnis, an das man sich sicher auch Jahre später noch erinnert. Für die Ausführung des Saals mit seinen Landkarten zeichnet der Astronom und Geopraph Fra Egnatio Danti, der im Kloster Santa Maria Novella lebte, verantwortlich. Sein Globus, in der Mitte des Raumes platziert, soll der größte seiner Zeit gewesen sein. Robert Langdon allerdings interessiert sich nicht für den Globus. Auch der Kartensaal ist ein gefangener Raum, der nur eine (offizielle) Tür besitzt. Doch hinten rechts in der Ecke hängt die Karte von Armenien. Und siehe da - ein Schwenk, und sie geht auf!

▷ *Monaci Giaele vom Museo di Palazzo Vecchio ist auf den Spuren von Robert Langdon unterwegs – die Karte von Armenien öffnet sie beinahe täglich*

▷ *Rechte Seite oben: Der Dachboden des Palazzo Vecchio ist in erster Linie dunkel. Auch sonst präsentiert er sich in der Realität deutlich weniger spektakulär als im Roman beschrieben*

▷ *Rechte Seite unten: Durch diese unscheinbare Holztür schlüpfen Robert Langdon und Sienna Brooks aus dem Palazzo Vecchio nach draußen und stehen in der Via della Ninna. Zwei Etagen über ihnen liegt der offizielle Übergang zwischen Palazzo Vecchio und Uffizien, der geschlossene Teil des Vasari-Korridors*

▷ *Rechte Seite unten rechts: Hier endet der Vasari-Korridor: Zwischen den Uffizien und dem Palazzo Vecchio*

Piazza della Signoria

Robert Langdon hat im Palazzo Vecchio eine Nachricht erhalten, die ihm der verstorbene Direktor des Dommuseums hinterlassen hat. Darin wird eine Zeile aus Dantes „Commedia“ erwähnt, nämlich Vers 25 im dritten Teil „Paradiso“. Den kennt auch ein Robert Langdon nicht auswendig, deshalb muss er sofort irgendwo eine Ausgabe der „Commedia“ kaufen und den Vers nachlesen!

Zunächst einmal: Robert Langdon hätte sich natürlich den jetzt anstehenden Fußweg durch die Altstadt bequem ersparen können: Schließlich befindet er sich in einem der ältesten Museen der Stadt, wo eine Fülle an mittelalterlicher Kunst zur Schau gestellt wird. Und natürlich enthält die Kunstsammlung des Palazzo Vecchio eine schöne alte Ausgabe von Dantes *Commedia*. Robert Langdon hätte also nur ein paar Gänge weiter eilen müssen. Allerdings hätten wir dann die Piazza della Signoria nicht kennen gelernt, und ebenso wenig das Museum Casa di Dante und die kleine Kirche von Beatrice - und auch Hollywood wäre um eine hübsche Tempo-Szene ärmer. Robert und Sienna eilen also hinaus auf die Via della Ninna. Von der Piazza della Signoria sehen sie aus dieser Perspektive nicht viel, gerade mal ein paar „Nackte“ unter den Arkaden der Loggia die Lanzi.

Wie schon erwähnt, bildete der Platz in seiner frühen Zeit den Mittelpunkt des politischen Geschehens. Gepflastert wurde er im Jahr 1385, als die Vorderseite des Palazzo Vecchio bereits seit siebzig Jahren stand. Heute wird hier immer noch regiert, doch die wenigen offensichtlich berufstätigen Menschen, die sich über den Platz bewegen, fallen zwischen den vielen Touristen kaum auf. Die Piazza della Signoria ist immer noch der erste Platz der Stadt, aber heute gehört sie den Besuchern aus aller Welt und ihren Fotoapparaten, streng beobachtet von zahlreichen Carabinieri, die darauf achten, dass niemand für ein schönes Foto auf den Sockel einer Statue klettert oder das müde Hinterteil auf historischen Stufen absetzt.

Dan Browns Eindruck aus dem Boboli Garten setzt sich hier fort: „Überall stehen Statuen“ (Seite 172). Hier aber findet er die, die er besonders mag: die Nackten. „Gleich neben dem Eingang zum Palast steht in all ihrer Pracht eine Replik

von Michelangelos *Il Davide* – angeblich dem berühmtesten männlichen Nackten der Weltgeschichte. ( ) Zusammen mit Neptuns *Satyrn* sind es mehr als ein Dutzend entblößter Penisse, die den geneigten Besucher des Palazzo willkommen heißen. (Seite 217).

Ja, das ist in Amerika nicht üblich. Vielleicht lässt sich diese europäische Freizügigkeit ein klein wenig damit entschuldigen, dass wir uns hier immerhin nicht im religiösen Zentrum von Florenz befinden, sondern `nur´ im politischen.

Auch in der ebenfalls im 14. Jahrhundert erbauten Loggia dei Lanzi, die an der Südseite des Platzes als Halle für Empfänge und Festlichkeiten diente, sind unter den schützenden Arkaden zahlreiche in Marmor Gegossene untergebracht. Die vielen prächtigen Marmorstatuen, sie prägen das Bild des Platzes und lassen den Besucher die historische Bedeutung dieses Ortes spüren.

△ *Die Türme von Badia und Bargello wachen über all die nackten Statuen auf der Piazza della Signoria*

△ *Die Carabinieri passen hier gut auf die Kunst auf*

◁ *Hätte Robert Langdon den Haupteingang zum Palazzo Vecchio genommen, hätte er auch seinen geliebten David bewundern können*

Casa di Dante

Robert Langdon eilt vom Palazzo Vecchio durch die Via dei Leoni in Richtung der Via Dante Alighieri. Er sucht eine Ausgabe von Dantes „Commedia" und hofft, sie im Museums-Shop der Casa di Dante zu finden. Aber das Museum ist geschlossen.

Museo Casa di Dante

Via Santa Margherita, 1
50122 Florenz
Telefon 0039 055 219416
E-Mail: info@museocasadidante.it
www.museocasadidante.it
Öffnungszeiten: Von April bis September täglich von 10.00 bis 18.00 Uhr, in den Wintermonaten dienstags bis sonntags von 10.00 bis 17.00 Uhr.
Eintritt für Erwachsene ca. € 4,00. Geführte Touren für Gruppen ca. € 50,00

▷ *Außen mittelalterlich, innen rekonstruiert: das Wohnhaus der Familie Alighieri. Vor dem Museum Casa di Dante findet gelegentlich mittelalterliches Spektakel statt: Farfarello singt aus der Göttlichen Komödie*

▷ *Nach dem Besuch im Dante-Museum lässt sich in dem kleinen Café an der Via Dante Alighieri noch wunderbar ein Espresso genießen*

Jetzt wissen wir auch sicher, dass Dan Brown sein *Inferno* im Winter spielen lässt. Kein vernünftiger florentinischer Geschäftsmann schließt in den touristischen Sommermonaten sein Geschäft oder Museum auch nur an einem Tag in der Woche. Die Casa di Dante ist tatsächlich montags geschlossen, allerdings nur zwischen Oktober und März.

Man findet das Museum über die Via Dante Alighieri, der Eingang liegt in einer Seitenstraße um die Ecke. An dieser Stelle sollen im 11. Jahrhundert die Häuser der Familie Alighieri gestanden haben, hier soll Dante am 14. Mai 1265 geboren worden sein. Allerdings überdauerten die Originalgebäude die Zeit nicht. Das heutige Museum ist eine Rekonstruktion. Wer sich für Dante, sein Leben und seine *Commedia* interessiert, findet darin auf drei Etagen viele interessante Schätze. Die geführten Touren durch das Museum sind recht teuer, allerdings erschließt sich der Sinn vieler Schaustücke erst durch die Erklärungen der mittelalterlich kundigen Führerinnen. Die erste Etage ist Dantes Lebensjahren in Florenz gewidmet: Man findet Historisches über die Apothekerzunft, der er angehörte, das politische Florenz um 1300, Karten, Waffen und auf Bildern einige markante Gebäude, die man von draußen kennt. Ein Raum ist Beatrice Portinari gewidmet. In den Obergeschossen ist Dantes künstlerische Phase dokumentiert. Die älteste erhaltene Ausgabe der *Commedia* liegt hier gut gesichert unter Glas. Es ist eine Handschrift von 1337 und nicht, wie im Palazzo Vecchio, eine gedruckte Ausgabe aus dem 15. Jahrhundert.

UNIONE FIORENTINA
MUSEO
CASA DI DANTE
INGRESSO
CANTO

BAR ALIGHIERI
Sapori di Korea

△ *Etwas versteckt liegt der Eingang zur Kirche von Dante und Beatrice*

Chiesa Santa Margherita di Cherchi

Geht man vom Museum Casa di Dante die Via Santa Margherita ein Stück weiter, kommt man an einer großen, aber unscheinbaren Holztür vorbei. Würde nicht ein Schild daneben auf die Kirche hinter der Tür hinweisen, die meisten würden wohl ahnungslos vorbei gehen.

Die Chiesa Santa Margherita de Cherchi war im Mittelalter die Pfarrkirche mehrerer wohlhabender Familien, darunter der Familie Portinari. Am linken Seitenflügel der ansonsten recht einfach gestalteten Kirche ist das Grabmal von Beatrice Portinari zu finden. Davor steht ein Korb, in den Besucher Zettel werfen, auf die sie Botschaften für Beatrice schreiben – ein schöner Ort, um den romantischen Kult um Dante und Beatrice täglich neu zu beleben.

Dan Brown lässt in dieser Kirche eine sehr nette Szene spielen: Robert Langdon sucht am heiligen Montag der Geschäftsleute dringend nach einer Ausgabe von Dantes *Com-*

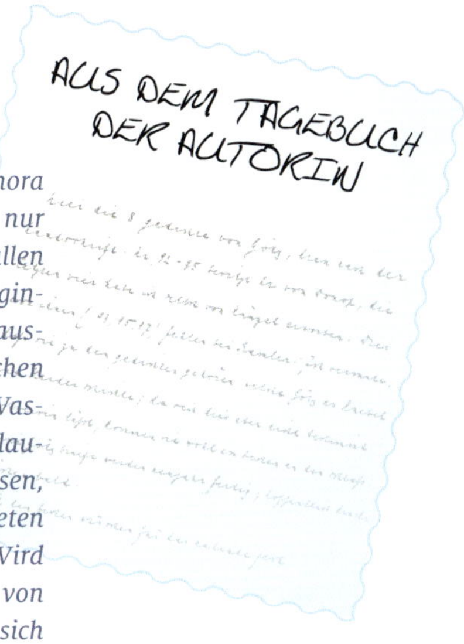

Florenz, 3. Juni 2013

Ich stehe am Ausgang der Casa di Dante, gerade hat mich Eleonora durch das Museum geführt. Bis zu meinem Hotel ist es nicht weit, nur ein paar Straßen. Als ich losgehe, fallen die ersten Tropfen. Dann fallen ein paar mehr, und innerhalb weniger Sekunden wandelt sich beginnender Regen in eine Art Sturzflut. Ich versuche, mich an eine Hauswand zu drücken, aber Dachüberstände waren in der mittelalterlichen Architektur nicht vorgesehen. Es gibt also kaum Schutz vor dem Wasser von oben, da kommt die nette Eleonora mit einem Schirm angelaufen. Zu zweit laufen wir weiter. Plötzlich kommen, wie die Ameisen, fliegende Händler aus irgendwelchen Löchern gekrochen und bieten Schirme an. Ich kaufe einen, fünf Euro, Wechselgeld gibt's nicht. Wird nur nass. Jetzt haben wir jede einen Schirm, aber gegen die Flut von unten hilft gar nichts. Auf dem seltsam leeren Domplatz haben sich innerhalb weniger Minuten zehn, zwanzig Zentimeter tiefe Pfützen gebildet.
Als ich mein Hotel erreiche, ist meine Hose zweifarbig: Oben hellblau, ab Kniehöhe dunkelblau. Alles tropft. Meine Schuhe quietschen. Leute, so hatte ich mir Florenz im Juni nicht vorgestellt!
Den Schirm brauche ich übrigens am nächsten Tag schon wieder. Nach seinem zweiten Einsatz stirbt er an Altersschwäche.

media, und vom üblichen Zeitdruck geplagt, trifft er in dieser Kirche auf eine ältere Dame, die sich von ihrem iPhone per Ohrstöpsel ihre E-Mails vorlesen lässt - wegen der schlechten Augen. Die beiden beginnen eine kleine Plauderei über nützliche iPhone-Apps, bis sich schließlich Robert Langdon das iPhone der Dame kurz ausleiht, um sich über Google eine e-book-Ausgabe der siebenhundert Jahre alten *Commedia* zu laden - nur, weil er mal eben schnell Gesang fünfundzwanzig im dritten Teil nachlesen muss. Zwischen all der mittelalterlichen Symbolik helfen Google und Apple - das hat schon was. Und Robert Langdon weiß dann auch endlich, wohin er als nächstes laufen muss: zum Taufquell!

Chiesa Santa Margherita di Cherchi

Via Santa Margherita, 4
50122 Florenz

Il Battistero di San Giovanni – Das Baptisterium

Die Schnitzeljagd geht weiter: Robert Langdon weiß jetzt, dass er „am Taufquell" weiter suchen muss. Vers 25 in Dantes „Paradiso" führt ihn geradewegs in das größte Taufbecken der Stadt. Es steht im Baptisterum auf der Piazza del Duomo. Vom politischen Zentrum der Macht schickt Dan Brown seinen Helden also nun mitten in den religiösen Mittelpunkt des alten Florenz.

In Florenz stand eines der berühmtesten Taufbecken der Welt. Es wurde seit mehr als siebenhundert Jahren dazu benutzt, junge Florentiner zu taufen und von ihren Sünden reinzuwaschen – unter ihnen auch Dante Alighieri" (Seite 339).

Dan Brown hat Recht, wenn er das Baptisterium dem jungen Dante Alighieri zuordnet, auch, wenn die Verbindung den aufmerksamen Leser zunächst stutzig macht. Das Baptisterium gehört doch schließlich zum Dom, und der wurde erst zu Lebzeiten Dantes geplant. Aber Dan Brown, der ja im Vorwort zu *Inferno* ankündigt, dass er alle historischen Fakten korrekt angegeben hat, liegt hier richtig: Das Baptisterium - in den meisten heutigen Kirchenanlagen kennt man es in das Kirchengebäude integriert - steht in Florenz als eigenständiges Gebäude für sich. Zusammen mit dem Dom und dem Campanile bildet es eine optische Einheit, vor allem, weil für die Fassadenverkleidung bei allen drei Gebäuden die gleichen farbigen Marmorsteine benutzt wurden.

Tatsächlich stand das Baptisterium lange Zeit vor seinem berühmten Nebengebäude, dem Dom. Historiker datieren den Bau in die Jahre 1059 bis 1150. Schon im 9. Jahrhundert soll an dieser Stelle eine einfache Vorgängerkirche gestanden haben, die dann im 11. Jahrhundert in der Tradition der christlichen Taufkirchen durch ein größeres Gotteshaus ersetzt wurde. In Italien war man mit der Ausübung der katholischen Religion schon immer etwas strenger als anderswo. Damit auf keinen Fall „Ungetaufte" eine Kirche betraten, wurden sie zunächst durch die Taufkirchen geschleust. So kann man das ohne weiteres nennen, denn Taufen fanden gerne an den Ostertagen statt, und dann tummelte sich schon mal die halbe Stadt im Baptisterium. So erklärt sich auch die enorme Größe dieser Taufkirchen.

Architektonisch weist das Baptisterium gleich mehrere Besonderheiten auf: Dazu gehören neben der achteckigen Grundfläche und den berühmten Bronzetüren auch zahlreiche Kunstwerke im Inneren der Kirche. Robert Langdon erinnert der Bau mit seinen drei deutlich abgesetzten Stockwerken unter dem flachen weißen Dach an einen Schichtkuchen (Seite 344).

Manche Kunsthistoriker bezeichnen das Baptisterium als die Keimzelle der Florentiner Kunst, unter anderem, weil die dort angewendeten Stilrichtungen in späteren Jahrhunderten an anderen florentinischen Gebäuden weiter geführt wurden. Auch Brunelleschi ließ sich für seinen Dombau hier inspirieren. Charakteristisch dafür ist die Fassade: Die aus einfachen Bruchsteinen gemauerten Wände erhielten außen eine schmuckvolle Verblendung. Dafür wurden verschiedenfarbige Marmorplatten beschafft: weißer Marmor aus dem toskanischen Carrara und dunkelgrüner Marmor aus Prato.

△ *Das Baptisterium: für Robert Langdon ein „Schichtkuchen“ (Seite 344)*

◁ *Gedränge herrscht vor dem Touristeneingang an der Nordseite des Baptisteriums*

Battistero di San Giovanni

Piazza del Duomo
Florenz
Öffnungszeiten: An Wochentagen von 11.00 bis 18.30 Uhr, sonntags und am ersten Samstag im Monat von 8.30 bis 13.30 Uhr
Eintritt: ca. € 5,00

Den Carrara-Marmor kennen wir heute noch, die Marmorbrüche an der italienischen Westküste sind groß. Der grüne Marmor aus Prato war während des Mittelalters äußerst beliebt: Er findet sich an zahlreichen Gebäuden der Toskana, unter anderem am Dom von Pisa und an der Kirche Santa Maria Novella in Florenz. Weil er in seinen Farbschattierungen recht unterschiedlich ausfällt, wirkt er je nach Lichteinfall manchmal eindeutig grün, manchmal jedoch fast schwarz.

Die Anordnung der Marmorplatten an der Fassade des Baptisteriums folgt einem sehr auffälligen geometrischen Muster, das später auch für den Bau des Doms und den Campanile übernommen wurde. Außerdem gefiel den Florentinern ihre ungewöhnliche Kirche so gut, dass sie anschließend den Platz rund um das Baptisterium ebenfalls pflasterten. Deshalb muss man in die Kirche erst einmal einige Treppenstufen hinunter gehen.

So entwickelte der Architekt Arnolfo di Cambio das für seine Stadt so unverwechselbare Bild. Heute erkennen Besucher aus der ganzen Welt Florenz auf den ersten Blick an diesem grün-weißen Muster.

Das Taufbecken, damals und heute

Natürlich weiß Robert Langdon Rat. Der Symbolforscher ist mehr als versiert, wenn es um die Gebräuche in alten Kirchen geht. Auf der Suche nach dem heutigen Taufbecken fängt er einfach neben der Paradiestür an und wird, wie schön, sofort fündig.

Das in Dantes *Commedia* erwähnte Taufbecken (den Taufquell) gibt es allerdings nicht mehr. Auch wenn aus der Bauzeit des Baptisteriums wenig bekannt ist, so weiß man doch, dass das Taufbecken, das Robert Langdon sucht, im Jahr 1128 aus der Kirche Santa Reparata hierhin versetzt wurde. Im Jahr 1557 entfernte man es wieder. Da der Dichter Dante Alighieri 1265 in Florenz geboren wurde und Anfang des 14. Jahrhunderts die Stadt verließ, ist es also relativ sicher, dass er in der damals einzigen Taufkirche von Florenz den christlichen Segen erhielt.

Die Bodenfläche, in die das historische Taufbecken eingelassen war, ist groß. Sie bietet Platz für eine großzügige Badewanne. Das musste sie auch. Zu Dantes Zeit und noch lange danach war es nämlich üblich, die Täuflinge vollständig unterzutauchen. Weil häufig auch Erwachsene das heilige Sakrament der Taufe empfingen, brauchte man also entsprechend große Taufbecken, die man auch „Brunnen" nannte. Sie wurden abgeschafft, weil irgendwann die katholische Kirche einsah, dass das Untertauchen besonders von Babys und Kindern nicht angebracht war, und so beschränkte man

△ *Auch wenn das Taufbecken unten steht: Ein Blick nach oben auf die wunderschöne goldene Mosaikdecke lohnt auf jeden Fall*

sich schließlich auf das noch heute übliche Begießen des Kopfes, wofür nur noch ein kleines Becken oder eine Schale benötigt wird.

Dantes historisches Taufbecken ist heute im Dom-Museum zu sehen. Der kluge Robert Langdon weiß das natürlich. Zusammen mit Sienna steht er in der Mitte des Raumes auf einem einfachen Fliesenboden. „Die eigenartig schmucklose Fläche stach aus dem kunstvollen Muster hervor wie ein großes, behelfsmäßig verschlossenes Loch und nichts anderes war es auch" (Seite 355). Dantes Taufbecken ist nicht mehr da. Wo also sollen sie suchen?

Robert Langdon braucht nicht lange zu rätseln. Rechts neben der „Paradiestür" findet er wonach er sucht: „Dort stand auf einem kleinen Podium hinter einem Ziergitter eine sechseckige Plinthe aus Marmor, vielleicht einen Meter dick und ebenso hoch. Sie sah aus wie ein kleiner Altar. (...) Den Abschluss bildete eine passende dicke Platte aus poliertem Holz" (Seite 356). Was Dan Brown beschreibt, ist der heutige Taufbrunnen, der sich seit dem Jahr 1370 an die südöstliche Wand des Baptisteriums lehnt.

Klar, dass Langdon unter der Holzplatte ein Becken findet. Und klar, dass unter der Platte Dantes Totenmaske liegt. Neben einem Stapel Handtücher und ein paar Windeln.

△ Am eckigen Steinboden kann man noch gut erkennen, wo früher das Taufbecken stand

Bitte nicht!

Ein kleiner Hinweis zu etwas eigentlich Selbstverständlichem: Kein Langdon-Fan sollte versuchen, es Dan Browns Held gleichzutun und im Baptisterium in der Nähe der Paradiestür nach Windeln und Handtüchern suchen! Man macht sich mehr als unbeliebt! Italien passt auf seine historischen und religiösen Kostbarkeiten sehr gut auf.

△ *Ein für moderne Verhältnisse immer noch großes Taufbecken: Hier empfangen heute die Täuflinge das erste christliche Sakrament*

Die Paradiespforte

Natürlich geht Robert Langdon durch die Paradiestür ins Baptisterium. Und natürlich geht das nur, wenn man Romanheld ist. Die Paradiestür ist definitiv für die Allgemeinheit verschlossen. Dan Brown merkt ganz richtig an, dass der Touristeneingang an der Nordseite ist. Die Paradiestür ist aber auch nur eine von mehreren hohen Türen des Baptisteriums. Jeder ihrer beiden Flügel ist außen mit fünf quadratischen Paneelen besetzt, auf denen in Bronze gegossene, dreidimensionale Szenen aus dem Alten Testament abgebildet sind. Obwohl auch diese ungewöhnlichen Kunstwerke inzwischen durch Kopien ersetzt worden sind, lohnt es sich sehr, sie aus nächster Nähe zu betrachten, und das tun täglich viele Touristen. Michelangelo fand die von Lorenzo Ghiberti um 1425 entworfene Tür so schön, dass er sie als Pforte zum Paradies bezeichnete. Damit hatte sie ihren Namen erhalten.

△ *Touristen vor dem „Gartenzaun“ (Seite 349), der die Paradiespforte schützt*

Il Duomo Santa Maria del Fiore

Während seiner "Schnitzeljagd" fehlte Robert Langdon wieder einmal die Zeit, sich mit den prachtvollen Bauwerken der Stadt in Ruhe zu beschäftigen. Nun, da er aus Istanbul zurück gekehrt ist, schenkt sein Erfinder Dan Brown ihm die Muße für einen Besuch im Dom. Der Anlass ist ein wenig konstruiert – die Trauerfeier für den erst am Tag zuvor verstorbenen Direktor des Dom-Museums Ignazio Busoni kommt ein wenig schnell, aber was macht das schon, wenn dies dem Autor die Gelegenheit dazu verschafft, endlich, am Schluss der ganzen Geschichte, doch auch noch den berühmtesten Bau der Stadt in die Story einzubinden? Nichts verbinden Kulturfreunde und Touristen in aller Welt so sehr mit Florenz wie das Bild der dicken, runden Kuppel, die Filippo Brunelleschi der Kathedrale aufsetzte.

Robert Langdon ist aus Istanbul nach Florenz zurück gekehrt. Seine Mission ist noch nicht beendet: Er muss Dantes Totenmaske zurück an ihren Platz bringen. Doch zuvor begibt er sich in den Dom Santa Maria del Fiore, um an der Trauerfeier für den verstorbenen Direktor des Dom-Museums teilzunehmen.

Dabei war der Bau des Doms ursprünglich gar nicht vorgesehen. An seiner Stelle stand nämlich eine Kirche, die Chiesa Santa Reparata. Als aber im 12. Jahrhundert nebenan die Taufkirche Battistero di San Giovanni entstand und mit ihren Maßen und ihrer ungewöhnlichen Marmorfassade zum Stolz der Florentiner wurde, da fand man die ohnehin baufällig gewordene Santa Reparata nicht mehr angemessen. Zudem wuchs die Bevölkerung immens, und eine größere Kirche bedeutete mehr Platz für die gläubigen Jünger der Stadt. So beschloss die Signoria den Bau einer neuen Kathedrale, die in Größe und Ausstattung nicht nur der Stadt, sondern auch der Bedeutung des Landes angemessen sein sollte. Nach der Grundsteinlegung am 8. September 1296 dauerte es 170 Jahre, bis sie so aussah, wie wir sie heute kennen. Die ersten Pläne stammten von Arnolfo di Cambio, aber natürlich haben viele Architekten an Santa Maria del Fiore gearbeitet. Finanziert wurde die Kirche bis auf den letzten Florin aus städtischen Geldern, und so traf während der Bauzeit ein politischer Wille nach Machtdemonstration auf die strengen geistlichen Ideale der frühen Renais-

◁ *Brunelleschis berühmte Kuppel: das Wahrzeichen von Florenz*

nis spricht für sich: Mit ihren Maßen von einhundertdreiundfünfzig Meter Länge und neunzig Meter Breite war sie lange Zeit die größte Kirche Europas. Das Ziel, die Dominanz der toskanischen Hauptstadt zu demonstrieren, war erreicht worden. Und auch der Schulterschluss mit der benachbarten Taufkirche und dem später angebauten Glockenturm ist geglückt: außen sichtbar durch die Fassadenverkleidung mit verschieden farbigen Marmorplatten.

Im Innenraum setzt sich die Symbiose zum Baptisterium fort: Der Bereich unter der Kuppel nimmt dessen achteckige Form wieder auf. Doch Brunelleschis Absicht, die Kuppel ebenfalls mit Goldmosaiken auszukleiden, wurde nicht ausgeführt – vielleicht, weil sie dem Baptisterium nicht zu sehr ähneln sollte, vielleicht auch aus statischen Gründen. Stattdessen bestellte man einen Mann, der Deckenfresken malen konnte: Giorgio Vasari malte zwischen 1572 und 1579 die Kuppel von innen aus. Sein Thema: Das Jüngste Gericht. Zweihundertfünfzig Jahre nach Dante Alighieris *Inferno* kann man hier Vasaris Höllendarstellung in schönsten Renaissance-Farben bewundern. Vasaris Arbeit fiel bereits in die Endphase des Dombaus. Zuvor hatte man sich lange Jahre mit der Entwicklung der Kuppel beschäftigt. Brunelleschi gewann nach langem Hin und Her den ausgeschriebenen Wettbewerb. Die schwierigste Aufgabe schien nicht in der Architektur der Kuppel selbst zu liegen, sondern in der Frage, wie man Handwerker in neunzig Meter Höhe sicher arbeiten lassen könnte. Brunelleschis Idee, das Baugerüst nicht auf dem Boden zu verankern, sondern an die Seitenwände der in Arbeit befindlichen Kuppel zu hängen, wurde für verrückt erklärt, aber schließlich so umgesetzt. Weil man ihm nicht traute, stellte man ihm weitere Architekten zur Seite, darunter Ghiberti, den Schöpfer der Paradiestür des Baptisteriums. Trotz aller Widrigkeiten und persönlichen Ärgernisse wurde Brunelleschis Domkuppel ein Meisterwerk und ist noch heute das Wahrzeichen der Stadt.

Grand Hotel Baglioni

Konferenzen finden im Grand Hotel Baglioni häufig statt. Mit seiner verkehrsgünstigen Lage am Hauptbahnhof und mehreren Räumlichkeiten für große Veranstaltungen ist es ein großes Business-Hotel in Florenz. In erster Linie aber wird es von Touristen besucht, die das historische Ambiente schätzen. Das Grand Hotel Baglioni ist ein großer, frei stehender Palazzo, der wie viele florentinische Bauten eine lange Geschichte hat. Ein erstes Gebäude ist seit dem 13. Jahrhundert dokumentiert. Lange Zeit wohnte in dem prächtigen, immer wieder umgebauten Palast die Familie Baglioni, die sich schließlich um 1900 entschloss, ihr Privathaus in ein Hotel umzuwandeln. Am 12. August 1903 wurde es eröffnet.

Inferno-Fans sind hier bestens aufgehoben. Denn das Innere präsentiert sich bei allem Komfort eines Vier-Sterne-Hotels sehr authentisch: Kaum hat man die schmale Eingangstür passiert, steht man in einer Lobby, die an eine Kirche erinnert. Der Eindruck setzt sich in den unteren Wohnetagen fort: Beinahe mittelalterlich wirken auch die Zimmer mit ihren hohen Decken, dunklen Holzmöbeln und den Fenstern, die ebenfalls sakralen Charakter haben, nicht nur der Form nach, sondern vor allem durch ihre farbigen Scheiben, die tatsächlich in vielen Räumen wie Kirchenfenster aussehen. Allerdings wird das Wohngefühl von Etage zu Etage heller. Dennoch: Moderne sucht man in der Architek-

Auf Dantes Totenmaske findet Robert Langdon eine verschlüsselte Botschaft über einen „versunkenen Palast" (Seite 377). Außerdem ist von einem Dogen die Rede. Und wo regierten die Dogen? Robert Langdon ist sicher: Er muss nach Venedig – sofort! Zusammen mit Sienna Brooks und Dr. Ferris von der WHO rast er zum Bahnhof. Aus dem Autofenster blickt Robert Langdon auf das Grand Hotel Baglioni, ein Hotel, das er gut kennt. Er erinnert sich, dass er dort schon öfter an Konferenzen teilgenommen hat.

tur des Hotel Baglioni vergebens, allein Technik und Komfort sind natürlich dem Standard des 21. Jahrhunderts angepasst. An der Sonne ist dann, wer es bis auf die Dachterrasse geschafft hat. Hier liegt das Restaurant mit über 200 Plätzen auf zahlreichen, über das gesamte Dach verteilten und von Wein umrankten Terrassen. Von beinahe jedem Platz bietet sich ein phantastischer Blick über die Dächer von Florenz, die Hügel der Toskana und natürlich auf Brunelleschis Domkuppel. Das Restaurant ist öffentlich und ein Abendessen hier sicher ein Highlight eines Florenz-Besuches.

Grand Hotel Baglioni

Piazza dellÌ Unità Italiana, 6
50123 Florenz
Telefon 0039 055 23580
E-Mail: info@hotelbaglioni.it
www.hotelbaglioni.it
Zimmerpreise je nach Jahreszeit und Ausstattung ab ca. 180,00 für eine Übernachtung im Doppelzimmer mit Frühstück.

Hotel Brunelleschi

Robert Langdon hat seine Mission erfüllt. Er ist aus Istanbul nach Florenz zurück gekehrt. Und wie immer nach Feierabend ruht sich Robert Langdon gerne in einem wunderschönen Luxushotel aus: „Es war früher Abend, als Langdon die Piazza Sant'Elisabetta überquerte und das elegante Hotel Brunelleschi betrat." (Seite 676)

Robert Langdon hat eine gute Wahl getroffen: Denn das Hotel Brunelleschi ist nicht nur ein wunderschöner Rückzugsort, sondern liegt fußläufig zum Dom und zum Palazzo Vecchio mitten in der historischen Altstadt. Allerdings ist die Piazza Santa Elisabetta so klein, dass sie auf vielen Stadtplänen gar nicht eingezeichnet ist. Die etwas versteckte Lage beschert den Hotelgästen eine in der Stadt ungewöhnliche Stille, so dass sogar die Tische des Restaurants Osteria della Pagliazza in entspannter Ruhe mitten auf der Piazza stehen können.

Unterbrochen wird die Beschaulichkeit nur durch die geführten Touristengruppen, die mehrmals am Tag auf der kleinen Piazza stehen und interessiert die Fassade des Brunelleschi betrachten. Denn hier ist ein Hotel auf, wie könnte es anders sein in dieser Stadt, historischen Mauern entstanden. Der Ursprung reicht sogar bis in das siebte Jahrhundert zurück, als die Römer hier bauten. Damals gab es an dieser Stelle ein Frauengefängnis. Der Gefängnisturm ist noch erhalten und verleiht dem Hotel nicht nur sein besonderes Aussehen, sondern wird genutzt: Ganz oben dient er zum exklusiven Wohnen, in der Mitte zum Speisen und unten als Museum. Von der Lobby aus kann man in den Kerker hinuntersteigen und nachfühlen, wie die Gefangenen damals untergebracht waren. Viel besser hat man es da ein paar Etagen darüber. Denn natürlich ist in der obersten Etage des Torre di Pagliazza eine wunderschöne Tower-Suite untergebracht. Ob Robert Langdon sich hier ausgeschlafen hat? Wir werden es nicht erfahren.

Das Hotel ist in den letzten Jahren vollständig renoviert worden. Zwischen den römischen Bruchsteinmauern hängen glitzernde Kronleuchter, aber auch zeitgenössische Kunstwerke, so dass ein Hauch modernes Design das historische

Hotel Brunelleschi

Via de Calzaiuoli – Piazza Santa Elisabetta 3
50122 Florenz
Telefon 0039 055 2737487
Fax 0039 055 2737481
E-Mail:
info@hotelbrunelleschi.it
www.hotelbrunelleschi.it
Zimmerpreise ab ca. € 220,00 für eine Übernachtung im Doppelzimmer und ca. € 1344,00 für eine Übernachtung in der Turm-Suite.

Ambiente sehr stimmungsvoll ergänzt. Die Zimmer sind in den florentinischen Farben Sand, Hellgrün und Purpur gestaltet und sehr edel und gemütlich. Von vielen Räumen ist zumindest ein Stückchen von Brunelleschis Domkuppel zu sehen. Zusätzlich zur Osteria mit klassischer italienischer Küche unten auf dem Platz gibt es im Turm noch ein kleines Gourmet-Restaurant. Dort reicht der Platz nur für sieben Tische, und in dieser exklusiven Wohnzimmer-Atmosphäre serviert das Küchenteam kreative Haute Cuisine.

Insider-Tipp

Das Hotel Brunelleschi bietet für Inferno-Fans ein Arrangement an: Unter dem Stichwort „Inferno-Experience" kann man zwei Übernachtungen mit Frühstück, Eintritt in das hauseigene Pagliazza Museum sowie eine vierstündige geführte Tour auf den Spuren von Robert Langdon buchen. Ein Reiseleiter führt in den Palazzo Vecchio, den Dom Santa Maria del Fiore, das Baptisterium sowie in den Boboli Garten und erläutert die Schauplätze des Romans. Selbstverständlich steht jedem Teilnehmer eine Original-Brunelleschi-Einkaufstasche zur Verfügung, allerdings ohne Masken darin. Preise variieren je nach Zimmerkategorie ab ca. € 364,00 pro Person.

MIT DEM ZUG VON FLORENZ NACH VENEDIG

Der Frecciargento

Eigentlich hört dieser Zug auf den amtlichen Namen FS ETR 600. „Silberpfeil" klingt aber besser, dachten sich wohl die Italiener. Der Hochgeschwindigkeitszug, der offiziell eine Maximalgeschwindigkeit von zweihundertfünfzig bis zweihundertfünfundachtzig Stundenkilometer erreicht, ging im Jahr 2008 erstmals auf die Schiene. Erbaut von FIAT, designt vom berühmtesten aller italienischen Autodesigner, Giorgio Giugiario, rast er nun in etwas über zwei Stunden von Florenz nach Venedig. Ursprünglich hatte die italienische Eisenbahngesellschaft 2007 zwischen Mailand und Rom eine neue Hochgeschwindigkeitsstrecke gebaut. Für diese Strecke, der weitere folgten, wurde die neue Serie der FS ETR Schnellzüge entwickelt. Nach dem Frecciorosso (Roter Pfeil) ist der Frecciargento der zweitschnellste der neuen Serie.

Robert, Sienna und Dr. Ferris verlassen Florenz am Bahnhof und steigen in den Frecciargento, den Hochgeschwindigkeitszug nach Venedig. Gute zwei Stunden sind sie unterwegs: Zeit, um ein wenig über Dantes Totenmaske zu rätseln.

Der „Frecce", ob Rot oder Weiß, fährt von 8.30 Uhr bis 21.30 Uhr (Abfahrtszeiten) jede Stunde vom Bahnhof Santa Maria Novella in Florenz zum Bahnhof Santa Lucia Venedig. Die Fahrt dauert 2 Stunden und 5 Minuten. Das Ticket für die einfache Fahrt gibt es ab € 19,00, je nach Tageszeit kostet es bis zu € 45,00. Die Buchung ist online möglich über www.trenitalia.com.

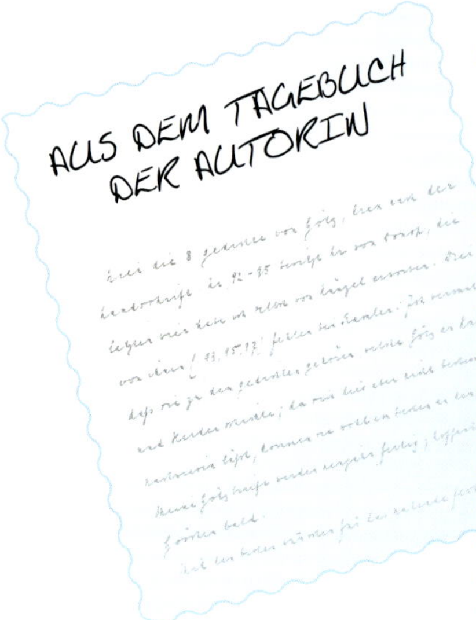

Florenz, 5. Juni 2013

Ich bin fertig mit Florenz. Mit gepacktem Koffer stehe ich in der Lobby meines Hotels und checke aus, um wie Robert Langdon den Zug nach Venedig zu nehmen. Aber der Computer streikt. Ich bräuchte eine Rechnung, aber nichts tut sich. Ich werde nervös, ich habe ein Ticket für den Frecciargento um 11.30 Uhr. Der Concierge ruft schon mal ein Taxi, das geht hier schnell. Die Minuten vergehen. Die Dame an der Rezeption ist sehr nett, sie schlägt mir schließlich vor, dass ich die Rechnung nach Hause bekomme. Draußen wartet der Concierge, aber kein Taxi. Beim Blick auf die Straße wird mir auch klar, warum. Irgendjemand hat hier über Nacht die Straßen für eine kleine Spontan-Baustelle aufgerissen und großräumig abgesperrt. Der Concierge fängt an zu telefonieren. Ich verstehe nur „Stau". Ich rolle meinen Koffer eine Straße weiter und versuche nicht an den Zug um 11.30 Uhr zu denken. Eine gefühlte Ewigkeit später kommt ein Taxi. Jetzt habe ich noch zehn Minuten für dreihundert Meter Luftlinie, das müsste doch klappen! Der Taxifahrer verspricht, sich zu beeilen. Die erste Kurve nimmt er sehr schneidig, die zweite ebenso, hinter der dritten tritt er auf die Bremse. Sechs oder sieben Autos stehen vor uns an der Ampel. Wir warten auf Grün. Vermutlich hat es nur ein Auto über die Kreuzung geschafft, jedenfalls kommen wir gefühlt einen Meter weiter. Die Ampel springt wieder auf Rot. Im Geiste sehe ich meinen Zug ohne mich aus dem Bahnhof rollen. No, no, no, sagt der Taxifahrer, das schaffen wir. Nach der zweiten Ampelphase setzt er zurück, wendet und tritt aufs Gas. Ich werde in den Sitz gedrückt wie beim Start eines Airbus. Er fährt einen großen Bogen um den Block auf die andere Seite des Bahnhofs, biegt einmal rechts ab, wo er nicht abbiegen darf, fährt nur ein winzig kurzes Stück falsch herum durch eine Einbahnstraße und bremst quietschend vor dem Bahnhof Santa Maria Novella. 11.28 Uhr. Ich werfe ihm, während ich aussteige, einen viel zu großen Schein auf den Sitz, aber fürs Wechseln habe ich keine Zeit, und das Trinkgeld hat er sich verdient. Mit einem strahlenden Lächeln trägt er mir den Koffer die Treppe herauf. Im Bahnhof muss ich mich nicht lange orientieren: das einzige menschenleere Gleis ist meins. Der Zugführer hat den Arm schon oben, als er mich rennen sieht. Er lässt den Arm sinken, macht eine Tür wieder auf. Ich springe hinein, hinter mir knallt die Tür zu, und der Zug rollt langsam an.
Puh, Roberta Langdon hat es in den „Frecce" geschafft. Sind doch alle sehr nett hier, die Italiener.

*Hintergrund: **Giorgio Giugiaro***

Wer sich für modernes Design interessiert, der weiß, dass seine Heimat Norditalien ist. Ob Kleidung oder Schuhe, Autos, Möbel oder Küchengeräte - vor allem die Region um Mailand herum lebt von der Kreativität. Allessi und Prada, Armani und Bugatti sind international klingende Markennamen geworden. Und häufig sind auch über Jahrzehnte erfolgreiche Betriebe immer noch in der Hand ihrer Gründerfamilien. Giorgio Giugiari, Jahrgang 1938, ist ein beinahe typischer Vertreter dieser Industrie. Geboren in eine Familie, in der die Malerei den Lebensunterhalt bestimmte, studierte er zunächst Kunst, dann technisches Design und begann früh, sich für das Aussehen von Autos zu interessieren. Er war keine zwanzig Jahre alt, als sein erster Mentor seine weitere Karriere in die entscheidende Richtung lenkte: Der technische Direktor von FIAT, der bezeichnenderweise mit Vornamen Dante hieß, heuerte ihn an, und Giorgio Giugiaro begann, Autos zu entwerfen. Der Rest seines Arbeitslebens ist beinahe Geschichte. Kaum eine internationale Automarke wollte in den folgenden Jahrzehnten auf die Dienste des Italieners verzichten: Die italienischen Marken Alfa, Bugatti, Ferrari und FIAT sowieso nicht, aber auch BMW, Toyota, Audi, Hyundai, Suzuki und Volkswagen beauftragten ihn. Wenn also den Verbraucher beim Blick auf eine gut befahrene Straße das Gefühl beschleicht, dass die vorbeifahrenden Autos sich irgendwie alle ähneln, ist das kein Zufall. Giorgio Giugiari hatte einfach bei sehr vielen Modellen seine Hand im Spiel.

Sein größter Schlager in Deutschland war ganz sicher der erste Golf, der nach 1974 ein Kultauto wurde und Jahrzehnte später sogar zum Synonym einer Generation. Aber auch der Audi 80, FIAT Uno und Punto sowie die BMW der 3-er-Reihe stammen von ihm.

Vielen in der Branche gilt er als wichtigster Autodesigner des 20. Jahrhunderts. 1999 bekam er genau diesen Titel verliehen: „Autodesigner des Jahrhunderts“.

AUF EIGENE FAUST:
ZU FUSS VOM HOTEL ST. REGIS ZUR BADIA

„Ich haste entlang am Ufer des Flusses Arno, atemlos ... wende mich nach links in die Via di Castellani ...drücke mich in die Schatten der Uffizien. ... Ich renne hinter dem Palazzo vorbei mit seinem krenelierten Turm und der Stundenuhr ...schleiche hindurch zwischen den Verkäufern auf der Piazza di San Firenze .... Vor dem Bargello biege ich ab nach Westen, nähere mich der Badia und lande vor dem eisernen Tor am Fuß der Treppen. Jetzt ist kein Zögern mehr erlaubt. Ich drehe den Knauf und betrete die Passage, von der es kein Zurück mehr für mich gibt." (Aus dem Prolog, Seite 11)

Hotel St. Regis

Piazza Ognissanti, 1
50123 Florenz
Telefon 0039 055 2716 3749
Fax 0039 055 239 6097
E-Mail:
stregisflorence@stregis.com
www.stregisflorence.com

Wer bei der Lektüre dieses Reiseführers bisher die Schauplätze der ersten Seiten vermisst hat, wird jetzt entschädigt. Der Prolog von *Inferno* beschreibt eine Szene, die der Leser natürlich erst am Schluss des Buches versteht: Ein Mensch ist auf der Flucht, läuft durch die Altstadt von Florenz und klettert auf einen Turm, von dem er sich schließlich in die Tiefe stürzt. Am Ende wissen wir: Es ist Bertrand Zobrist, Langdons Gegenspieler und Siennas Liebhaber. Er flieht vor Elisabeth Sinskeys WHO-Team. Da er sein Lebenswerk vollendet hat und gejagt wird, sieht er keinen Ausweg als den Tod.

Wenn wir seinen Weg nachvollziehen, beginnen wir am **NORDUFER DES ARNO**. Bertrand Zobrist beginnt hier seinen Weg. Vielleicht hat er seine letzte Nacht im wunderschönen **HOTEL ST. REGIS** verbracht, das hinter dem **PONTE ALLA CARRAIA** liegt. Wir haben das Hotel als Ausgangspunkt für unsere Tour gewählt. Es liegt direkt am Flussufer, und von den oberen Etagen hat man einen wunderschönen Blick über den Fluss und auf den **BOBOLI GARTEN**. Im St. Regis einzuchecken bedeutet, sich innerhalb weniger Minuten um fünfhundert Jahre zurück zu beamen. Denn das Außergewöhnlichste an diesem Hotel ist ohne Frage, dass es sich um einen Palazzo aus dem 15. Jahrhundert handelt und dass alle Zimmer bis ins kleinste Detail im Stil der Renaissance eingerichtet sind. Wer sich also einmal fühlen möchte wie Cosimo I. de Medici und die Nacht unter opulenten Deckenfresken verbringen möchte, der ist hier perfekt in einer früheren Epoche gelandet.

Ein riesiger Wintergarten im Erdgeschoss diente früher als Garage für die Pferdekutschen. Heute ist hier ein Sterne-gekröntes Restaurant untergebracht, auf der umlaufenden Balustrade wird fürstlich gefrühstückt. Das Hotel gehört in die fünf-Sterne-Luxuskategorie und ist das einzige Hotel in Florenz, das solche Annehmlichkeiten wie Butler-Service oder Bentley-Shuttle zum Flughafen anbietet. Bei allem erdenklichen Luxus sind Umgangston und Service sehr herzlich und entspannt.

Robert Langdon hätte sich hier pudelwohl gefühlt.

Vom Hotel aus bietet sich ein schöner Spaziergang am Flussufer entlang an. Links präsentiert sich in zahlreichen kleinen Geschäften Italiens neueste Mode, geradeaus sieht man bald den massiven **PONTE VECCHIO**, rechts, auf der anderen Seite des Flusses, erhebt sich hinter dem **PALAZZO PITTI** der hügelige **BOBOLI GARTEN**, und dahinter der beliebteste Hügel von Florenz. Auf keinen Fall sollte man bei einem längeren Aufenthalt einen Abstecher nach oben versäumen: Vom Aus-

sichtspunkt **PIAZZALE MICHELANGELO** hat man einen wunderschönen Blick über den Fluss, die Brücken, die Stadt und ihre berühmten Türme. Wer dort oben steht, zückt unweigerlich alle vorhandenen Kameras und hat ein schönes Aha-Erlebnis: Unzählige Male ist nämlich von hier aus Florenz schon fotografiert worden, der berühmteste und bekannteste Blick auf die Stadt liefert das Postkarten-Motiv schlechthin. Ein Tipp: Besonders schön ist der Blick natürlich im Licht der untergehenden Sonne, und vor allem lässt sich dann der Besuch oben wunderbar praktisch mit einem Abendessen in einem der Restaurants an der Piazzale Michelangelo verbinden. Leider wissen das alle anderen Touristen auch, und deshalb kann man sicher sein, dass ab dem frühen Abend ein Bus nach dem anderen sich die gewundene Straße hinauf ächzen wird und der Platz zur Abendessenszeit so voller Menschen ist, als gäbe es Chianti gratis. Der eigentliche Tipp lautet also: besser vor allen anderen da sein.

Wir aber heben uns diesen Ausflug für eine andere Gelegenheit auf und folgen weiter Bertrand Zobrist auf seinem letzten Fußweg. Er verschweigt uns den schönen Arkadengang, den der Vasari-Korridor hinter dem Ponte Vecchio bildet und biegt links ab in die **VIA DEI CASTELLANI,** verlässt also das Flussufer in Richtung Altstadt. Die Via dei Castellani ist eine unscheinbare, etwas gewundene Straße, die man ansonsten nur aufsucht, wenn einem der Sinn nach Pizza steht. Kleine Pizzerien gibt es hier gleich mehrere. Auf der linken Seite liegt der verschlossene Ostflügel der Uffizien, dem berühmtesten Museum der Stadt.

Gleich hinter den Uffizien schließt auf der linken Straßenseite der **PALAZZO VECCHIO**, den wir bereits gründlich kennen gelernt haben, an. Wer noch nicht drin war, sollte das jetzt nachholen! Wir folgen weiter der Straße, die hier aber nicht mehr **VIA DEI CASTELLANI**, sondern schon **VIA DEI LEONI** heißt und uns zu einem langgezogenen und verkehrsreichen Platz führt: der **PIAZZA SAN FIRENZE**.

Auf der linken Seite müssen wir an einem Parkplatz vorbei, wo die Florentiner ihre Motorräder abstellen. Hier hätte Bertrand Zobrist ohne weiteres ein Moped klauen können, wäre ihm sein Leben etwas mehr wert gewesen. Aber Dan Brown wollte ihn spektakulär in den Tod springen lassen, also musste er den Parkplatz ignorieren und weiter hasten. Wir sind immer noch auf derselben Straße unterwegs, inzwischen heißt sie **VIA DEL PROCONSOLO**. Schauen wir nun erst nach rechts oder nach links? Links kommt schon unser erstes Ziel in Sicht, die **BADIA**, gleich gegen-

über liegt das von Dan Brown ebenfalls erwähnte **BARGELLO,** heute offiziell **MUSEO DI BARGELLO**. Auch wenn dieser Ort für die Romanhandlung nicht von Bedeutung ist, lohnt sich doch zumindest ein (kostenloser) Blick in den schönen Innenhof, ein zweiter auf seine bedeutungsschwere Geschichte. Der **PALAZZO BARGELLO** stammt nämlich ebenfalls schon aus mittelalterlicher Zeit, und was sich über die Jahrhunderte hier so zugetragen hat, gehört eher auf die Liste der unangenehmen städtischen Aufgaben. Zunächst war der Palazzo Bargello der Sitz der Stadtregierung, der Signoria. Als der größere und prächtigere **PALAZZO VECCHIO** gebaut wurde, zog die Politik aus, und die Richter zogen ein. Weil genug Platz da war, richtete man gleich das städtische Gefängnis mit ein. Nach den Richtern kamen die Polizisten, und von ihnen ist der Name geblieben: Bargello war das damals gebräuchliche italienische Wort für Polizeihauptmann. Auch sie verließen den Palazzo wieder, behielten aber die Hoheit über den Innenhof, den sie noch bis weit ins 18. Jahrhundert für öffentliche Hinrichtungen nutzten. Erst Mitte des 19. Jahrhunderts war mit allen kriminellen Angelegenheiten Schluss. Die Stadt Florenz traf den Entschluss, den Palazzo di Bargello umfassend zu renovieren und anschließend der Kunst zur Verfügung zu stellen. Das machte durchaus Sinn, denn in Florenz hatte man inzwischen ein echtes Problem: zu viel Kunst! Die

Museo di Bargello

Via del Proconsolo, 4,
50122 Florenz
Telefon: 0039 055 238 8606
Öffnungszeiten: Täglich von 8.15 bis 17.00 Uhr. Jeden 2. und 4. Montag sowie jeden 3. und 5. Sonntag im Monat geschlossen
Eintritt: ca. 4 Euro
www.uffizi.firenze.it/bargello

benachbarten Uffizien platzten beinahe aus allen Nähten. Auch wenn man in manch anderer Stadt über ein solches Luxusproblem neidvoll den Kopf schütteln mag – die italienische Kunst präsentierte sich schon immer von raumgreifendem Charakter. Statuen, Deckenfresken und Wandmalereien benötigen eben ihren Raum. Für die platzsparende Schriftstellerei dagegen hatten sich ja, von Dante einmal abgesehen, nur wenige Italiener erwärmt.

Im Jahr 1859 zogen Michelangelos erste Skulpturen, die in den Uffizien keinen Platz mehr fanden, in das neue Museo di Bargello um. Fans von Michelangelo Buonarotti kommen in den drei Etagen des Museums voll auf ihre Kosten. Aber auch der Innenhof ist mit zahlreichen Skulpturen hübsch angelegt und ein Blick nach oben lohnt sich auch. Immerhin gilt die vierflügelige Anlage mit ihrem Zinnenkranz als eines der schönsten florentinischen Bauwerke des Mittelalters.

Links davon finden wir die **BADIA FIORENTINA**, unser erstes Ziel der heutigen Tour.

Die **BADIA FIORENTINA** ist eine mittelalterliche Abteikirche im historischen Zentrum von Florenz. Hier soll Dante seiner Beatrice zum ersten Mal begegnet sein. Etwa seit Ende des 10. Jahrhunderts stand hier die erste florentinische Klosteranlage, gebaut für die Mönche des Benediktinerordens. Weil zu ihren weltlichen Aufgaben das Herstellen von Pergament sowie die Buchbinderei gehörten, gilt die Badia auch als mittelalterliches Zentrum der florentinischen Buchkunst. Auch Stadtpolitikern diente sie als Versammlungsraum, bevor im Palazzo Vecchio dafür geeignete Räumlichkeiten geschaffen wurden.

Der an vielen Stellen der Stadt aktive Architekt Arnolfo di Cambio baute die Kirche ab dem Jahr 1284 um. Den siebzig Meter hohen Turm, von dem sich im Roman Bertrand Zobrist in die Tiefe stürzt, erlebte auch Dante Alighieri nicht mehr, er wurde erst 1330 fertig gestellt. Im 17. Jahrhundert wurde die Kirche noch einmal umgebaut, der von di Cambio angelegte gotische Stil blieb aber weitgehend erhalten. Das Kloster wurde schließlich im Jahr 1820 aufgelöst.

Im Inneren der Kirche ist ein Wandgrabmal für Hugo von Tuscien zu sehen, jenen Markgrafen, der mit seinem Umzug von Lucca nach Florenz die Entwicklung der Stadt entscheidend beeinflusst hatte. Der Glockenturm, von dem sich im Roman Bertrand Zobrist in die Tiefe stürzt, ist übrigens für Touristen nicht zugänglich, die Kirche kann besichtigt werden.

Dieser Spaziergang ist bequem in einer Stunde zu bewältigen, vorausgesetzt, man kehrt nirgendwo ein und schaut kein Museum von innen an. Wer alle Orte genauer kennen lernen will, kann die Tour gut auf einen halben Tag ausdehnen.

Um sie weiter fortzusetzen, braucht man einfach nur der Straße noch ein paar Meter zu folgen. Dann geht es links in die **VIA DANTE ALIGHIERI**. Und schon stehen wir mitten im **DANTE-VIERTEL** und können weiter auf den Spuren des berühmten Dichters flanieren oder in der **BAR ALIGHIERI** einen Cappuccino trinken.

Robert Langdon entspannt sich ja nach erledigter Arbeit üblicherweise in einem schönen Hotel, und wer Lust hat, ins **HOTEL ST. REGIS**, den Ausgangspunkt unserer Reise zurück zu kehren, hat nun über die **PIAZZA DELLA REPUBBLICA** nur noch einen einen kurzen Weg durch die Altstadt. Im ehemaligen Kutschenhof des Hotels ist heute ein Sterne-Restaurant zu Hause, wo man zum Dinner-Event die Champagnerflaschen gerne mit dem Säbel köpft. Ein Abendessen dort rundet die historische Thriller-Tour perfekt ab.

Badia Fiorentina

Via del Proconsolo
Florenz
Öffnungszeiten: Nur montags von 15 bis 18 Uhr

Das Rätsel von San Marco: Schauplätze in Venedig

Stazione di Santa Lucia – der Bahnhof

Nach Rom führen ja bekanntlich viele Wege. Nach Venedig nicht, vorausgesetzt, man ist nicht zu Wasser unterwegs. Wer die Stadt aus der Luft erreichen will, landet auf dem Flughafen Marco Polo auf dem Festland. Wer mit dem eigenen Fahrzeug anreist, darf den Wagen auf großen Parkplätzen vor den Toren der Stadt abstellen. Nur Bahnreisende, wie Robert Langdon und sein Team, haben es besser: Die Züge halten am Bahnhof Santa Lucia quasi mitten in der Stadt.

Dan Brown beschreibt den Bahnhof als „elegantes, niedriges Gebäude aus grauem Stein und Beton. Er ist in einem modernen, minimalistischen Stil gehalten, mit einer Fassade, die dankenswerterweise keine Symbole aufweist, nur zwei verschnörkelte Buchstaben: FS, die Abkürzung für die staatliche Eisenbahn, die „Ferrovie dello Stato" (Seite 439). Dan Browns Eindruck ist der von einem Nachkriegsgebäude, also völlig untypisch für Venedig.

Die Stazione di Venezia Santa Lucia ist der Hauptbahnhof, aber auch der einzige Eisenbahnhof von Venedig. Benannt wurde er nach der Kirche Santa Lucia, die ursprünglich an diesem Ort stand und für den Bau des Bahnhofs im Jahr 1861 abgerissen werden musste. Vom ursprünglichen Erscheinungsbild ist allerdings heute nicht mehr viel zu sehen: In den Jahren vor dem Zweiten Weltkrieg wurde ein Architekten-Wettbewerb ausgelobt, um den Bahnhof neu zu gestalten. Gewinner war Virgilio Vallot. Zusammen mit Angiolo Mazzoni arbeitete er

Die Begriffe „Doge", „Lagune" und „versunkener Palast" auf der Totenmaske von Dante Alighieri weisen eindeutig auf Venedig hin. Könnte mit dem versunkenen Palast die Markuskirche gemeint sein? Immerhin droht Venedig ja beinahe vollständig im Wasser zu versinken. Robert, Sienna und Dr. Ferris kommen mit dem Zug am Bahnhof Santa Lucia an.

zwischen 1936 und 1943 vor allem an einer neuen Halle und dem angrenzenden Empfangsgebäude. Der Krieg unterbrach die Bauarbeiten. Nach Kriegsende wurde der Bau unter der Leitung des neuen Architekten Paolo Perilli weiter geführt und erst 1952 beendet.

Der Bahnhof ist als Kopfbahnhof angelegt. Über die fünf Kilometer lange Brücke Ponte della Libertà ist er mit dem Bahnhof Venezia-Mestre auf dem Festland verbunden.

Im Grunde passt das Transportmittel Eisenbahn überhaupt nicht in einen Thriller à la Dan Brown. Zumal die Fahrt von Florenz über zwei Stunden dauert. So viel Zeit nimmt Robert Langdon sich selten, nur um von A nach B zu kommen. In jedem anderen Fall hätte der Langdon-erfahrene Leser erwartet, dass mindestens ein kleiner Privatjet überraschend aus dem Hut gezaubert wird. Dieses Mal nicht. Denn die Zugfahrt nach Venedig bringt entscheidende dramaturgische Vorteile mit sich.

Der Name des Bahnhofes Santa Lucia weist dezent auf eine Helferin bei der Lösung des Rätsels hin: die heilige Lucia, die nicht nur in der weiteren Geschichte eine Rolle spielt, sondern in Venedig sogar ihre eigene Kirche hat. Außerdem passt der Bahnhof viel besser in die schöne Reise des Robert Langdon. Passagiere, die die Bahnhofshalle verlassen, stehen unmittelbar am Ufer des Canal Grande, „inmitten all der Sehenswürdigkeiten und riechen und hören die Stadt" (Seite 439). Viel schöner kann man in Venedig nicht ankommen. Das hat Dan Brown geschickt eingefädelt, und für dieses touristische Erlebnis lässt er seinen Helden auch schon mal zwei Stunden untätig in der Bahn hocken.

△ *Wer aus dem Zug steigt, ist sofort mittendrin: Paläste, Kirchen, Wasser, Boote – so begrüßt Venedig Bahnreisende*

Insider-Tipp

Wer den Weg von Robert Langdon genau nachfährt und mit dem Zug in Venedig ankommt, kann sein Gepäck in einem Schließfach in der Bahnhofshalle einschließen und sich dann zu Fuß auf den Weg zur nahegelegenen Kirche San Geremia machen, wo die heilige Lucia zu Hause ist. Die Gepäckaufbewahrung kostet für die ersten fünf Stunden ca. fünf Euro. Alle anderen Schauplätze des Romans liegen am Ende des Canal Grande in San Marco. Informationen unter www. grandistazioni.it.

Motoscafi oder Vaporetto?

Robert, Sienna und Dr. Ferris verlassen die Bahnhofshalle und stehen am Ufer des Canal Grande. Es riecht nach Meersalz, Pizza und dem Dieselöl der Wassertaxis. „Chaos auf dem Wasser, sinnierte Langdon und betrachtete den schwimmenden Verkehrsstau" (Seite439)

Vaporetto

Wer den Bahnhof verlässt, steht unmittelbar vor dem Kassenhäuschen der staatlichen Fahrgesellschaft Actv, die die Vaporetti betreibt. Es gibt Einzelfahrscheine (ca. € 6,50), aber auch Tickets, die zwölf Stunden (ca. € 18,00) oder mehrere Tage gültig sind (72 Stunden z.B. ca. € 35,00). Die Zeit läuft ab dem ersten Abstempeln.
www.actv.it

Wie üblich in Venedig geht es nun weiter mit dem Boot. Am Bahnhof stehen zur Auswahl: VIP-Taxi für das Langdon-Team, Vaporetto für den Rest der Bevölkerung. Beim Blick auf einen Stadtplan von Venedig wird sofort klar: Der Bahnhof liegt am westlichen Ende des Canal Grande, das Ziel, der Markusdom, am östlichen Ende. Langdon muss also per Boot einmal den ganzen Kanal durchschippern. Während dieser schönsten aller Stadtrundfahrten in Venedig kommt er an Kirchen, Palazzi und Brücken, berühmten Hotels und Bars der Stadt vorbei.

Die Entscheidung zwischen Wassertaxi und Vaporetto fällt wohl so: Das Vaporetto ist die venezianische Straßenbahn - öffentlich betrieben, langsamer, preiswerter. Wassertaxi bedeutet: Wenige Plätze, eigener Fahrer, komfortabel, teuer. Mindestens siebzig Euro muss man für eine Fahrt in die Hand nehmen, das Trinkgeld für den Fahrer nicht eingerechnet. Am Geld scheitert in *Inferno* nichts, aber Robert Langdon gerät in einen kulturellen inneren Konflikt: „Für jemanden, der sich so für Architektur begeisterte wie er, war es geradezu unvorstellbar, durch den Canal Grande zu *rasen*. Nur wenige Erfahrun-

Insider-Tipp

Wer Lust hat, sich den „schwimmenden Verkehrsstau", von dem Robert Langdon erzählt, einmal ganz in Ruhe anzuschauen, dem sei ein kleiner Fußweg von Bahnhof Santa Lucia über die Scalzi-Brücke auf die andere Seite des Canal Grande empfohlen. Dort liegt, dem Bahnhof genau gegenüber, die ebenfalls von Robert Langdon erwähnte Kirche Chiesa San Simeone Piccolo mit der auffälligen Kuppel. Von ihrer schönen, breiten Treppe aus hat man einen Logenplatz in Richtung Bahnhof.

△ *Stau auf dem Wasser*

gen in Venedig waren schöner, als in ein Vaporetto zu steigen, einen der offenen Wasserbusse der Stadt, und das vorzugsweise nachts. Man konnte sich vorne in den Bug setzen und den Anblick der angestrahlten Kathedralen und Palazzi genießen, während das Boot langsam vorüberglitt. *Heute wird das wohl nichts*, dachte Langdon" (Seite 440).

Robert Langdon also steigt in ein Boot aus afrikanischem Mahagoniholz. Begrüßt wird er von Fahrer Maurizio Pimponi, der heute im maßgeschneiderten Armani-Anzug zur Arbeit antritt, was Robert Langdon trotz großer Eile selbstverständlich auf den ersten Blick erkennt.

Wassertaxi

Mehrer private Betreiber haben sich zum, Achtung!: „Consorzio Motoscafi Venezia" zusammen geschlossen. Das „Konsortium" betreibt eine Flotte von Taxibooten für bis zu 10 Personen. Die Fahrt vom Bahnhof Santa Lucia zum Kreuzfahrt-Anleger kostet ca. € 70,00.
Consorzio Motoscafi Venezia
Telefon 0039 041 240 6711
Fax 0039 041 240 6700
www.motoscafivenezia.it

AUS DEM TAGEBUCH DER AUTORIN

Ein Schreibtisch in Deutschland, Mai 2013

Ich finde, Maurizio Pimponi ist ein auffälliger Name. Den hat Dan Brown sich doch nicht ausgedacht, oder?
Nein, hat er nicht. In seiner Danksagung am Ende von Inferno erwähnt er ihn: Maurizio Pimponi. Es gibt ihn also wirklich? Ob er auch im echten Leben Wassertaxi in Venedig fährt? Ich werde neugierig und fange an zu recherchieren. Das geht in Zeiten der sozialen Netzwerke schnell. Google spuckt einen Volleyballspieler dieses Namens aus, der in der italienischen Nationalmannschaft spielte. Der Mann ist bestimmt an die zwei Meter groß... Dann finde ich ihn persönlich. Auf der berühmten amerikanischen Freunde-Plattform. Ob es wohl „der“ Maurizio ist? Vielleicht ist Pimponi ja ein sehr häufiger italienischer Name und heißt übersetzt Meier oder Schulze.
Leider kann ich Maurizio nicht anschreiben. Ich bin nicht mit ihm „befreundet“, und er erlaubt nur Post von Freunden. Also: Freundschaftsanfrage versenden.
Er antwortet erstaunlich schnell. Wir kommen ins Gespräch: Ja, er ist tatsächlich der Maurizio Pimponi. Und: Nein, er fährt kein Wassertaxi in Venedig. Er gehört zum Sicherheitsteam von Dan Brown. Und, er will nicht unhöflich sein, aber dieser Job lässt es verständlicherweise nicht zu, sich näher zu dem berühmten Buch zu äußern.
Das verstehe ich. Es könnte ein internes Inferno geben. Ich bin also jetzt mit Dan Browns Bodyguard auf Facebook befreundet? Wie schön!

▽ *Auch im modebewussten Italien treten Taxifahrer selten im Armani-Anzug zur Arbeit an*

Chiesa dei Santi Geremia e Lucia – Die Kirche San Geremia

Mit vollem Namen heißt sie Chiesa dei Santi Geremia e Lucia, die Kirche, die Robert Langdon vom Canal Grande aus erblickt und die ihn an die Geschichte der heiligen Lucia erinnert. Sie liegt im Stadtteil Cannaregio; wenn wir Robert Langdon folgen, auf der linken Seite des Kanals nicht weit hinter der Scalzi-Brücke. Ihre massive Kuppel und der Turm, der Campanile, sind von weitem gut zu erkennen.

Ganz im Gegensatz zur erblindeten Heiligen muss Robert Langdon allerdings ausgezeichnete Augen haben. Setzen wir mal voraus, dass Maurizio ein normales italienisches Tempo fährt (also zu schnell) und sich außerdem an die Verkehrsregeln hält (Rechtsfahrgebot), dann benötigt Robert Langdon mindestens die Sehkraft eines Adlers, um im Vorbeirasen über den rund zwanzig Meter breiten Canal Grande hinweg den la-

Von seinem Wassertaxi aus erblickt Robert Langdon die Kuppelkirche von San Geremia. Eine Inschrift auf der Kirchenwand weist auf die heilige Lucia hin, und Robert Langdon kommt blitzartig eine Idee: Lucia war doch die Schutzheilige der Blinden! – Suchen sie nicht nach jemandem, der die Knochen der Blinden raubte?

△ *Die Kirche San Geremia am Canal Grande. Links auf dem Bild ist die Apsis mit der Inschrift zu erkennen*

teinischen Text auf einer Tafel an der Kirchenwand zu lesen und zu übersetzen. Na ja. Dass Robert Langdon ein echter Held ist, will ja niemand bestreiten. Aber dass er so gut gucken kann... . Sei's drum – Dan Brown hat sich an dieser Stelle ein wenig dichterische Freiheit gegönnt.

San Geremia ist eine der ältesten Kirchenanlagen Venedigs. Ihre Ursprünge gehen bis ins 8. Jahrhundert zurück. Sie wurde mehrmals umgestaltet und zweimal vollständig neu errichtet. Der heutige Bau stammt aus dem Jahr 1753, den Entwurf lieferte der Abt Carlo Corbellini aus Brescia. Noch einmal gut einhundert Jahre später entstand in Richtung des Canal Grande die Apsis, wo auch die Überreste der heiligen Lucia aufbewahrt werden. Nur der mittelalterliche Turm aus dem 9. Jahrhundert blieb von der ersten Kirchenanlage erhalten, was man gut an den unterschiedlichen Baustilen von Turm und Kirchengebäude erkennen kann. Der Campanile ist dreiundvierzig Meter hoch.

Im Inneren der immer sehr schön dekorierten und beleuchteten Kirche gibt es viel Kunst zu bewundern: großformatige Malereien und Gemälde, auf denen Heiligenszenen dargestellt sind. Auch der später berühmt gewordene italienische Maler Tintoretto hat sich hier beteiligt.

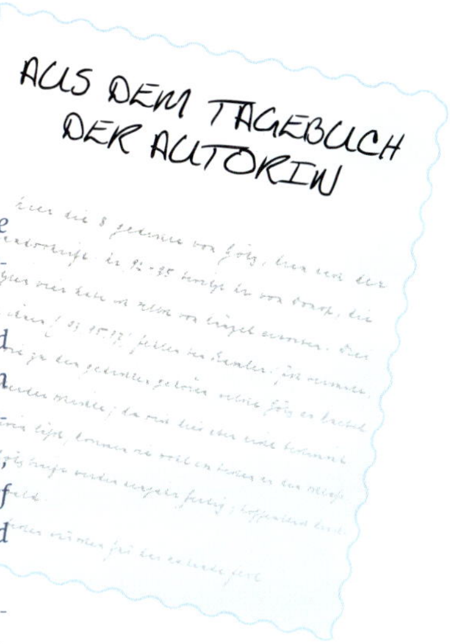

Venedig, 5. Juni 2013

Mein erster Eindruck, als ich die heilige Lucia besuche, ist: Welch eine schöne Kirche! Groß, hell und so hübsch mit frischen Blumen und Kerzen geschmückt!
Bei genauerem Hinschauen stelle ich fest, dass Heiligenverehrung und Kommerz hier offenbar eine glückliche Ehe führen. In der Sprache von Dan Brown müsste man sagen: „Überall stehen Preisschildchen herum." Alle paar Meter komme ich an einem kleinen Tisch mit Kerzen, Teelichtern, Heiligenbildern oder sonstigen Flyern vorbei. Überall darf man etwas mitnehmen oder anzünden. Auf Schildern daneben wird deutlich lesbar darauf hingewiesen, wie viel das wert ist.
Neben dem Sarkophag finde ich dann den großen Lucia-Tisch: mit Büchern und Broschüren in allen möglichen Sprachen, mit Postkarten, Kalendern und Lesezeichen. So also funktioniert im 21. Jahrhundert Merchandising für Heilige. Auf T-Shirts mit Lucia-Aufdruck hat man bisher verzichtet. Warum eigentlich?
Ich entscheide mich fürs Traditionelle: Kerzen. Eine für Lucia, eine für den Schutzpatron der Kaufleute, wer auch immer das sein mag. Macht zweimal sechzig Cent. Wie sich das gehört, runde ich auf. Die Kirche braucht ja auch morgen wieder frische Blumen.

Ansonsten dient die Kirche in erster Linie als letzte Heimat für die heilige Lucia, deren Überreste zunächst in ihrer „eigenen" Kirche, der Chiesa Santa Lucia, aufbewahrt wurden. Diese Kirche aber wurde abgerissen, als an ihrer Stelle der Bahnhof gebaut wurde, der dann zum Gedenken immerhin noch ihren Namen erhielt. So mussten Lucias Gebeine umziehen, durften aber nur wenige Häuserblocks weiter im selben Stadtteil, dem Sestiere Cannaregio, verbleiben.

Vom Kanal aus gesehen liegt hinter der Kirche der für venezianische Ausmaße ungewöhnlich großzügige Campo San Geremia und daneben der Palazzo Labia. Der Palazzo wurde von der spanischen Adelsfamilie Labia errichtet und beherbergt heute das Studio Venedig des italienischen Fernsehsenders RAI.

Chiesa dei Santi Geremia e Lucia

Campo San Geremia, Sestiere Cannaregio, 290
30131 Venezia
Telefon 0039 041 716245
Öffnungszeiten: täglich von 8.30 bis 12.00 Uhr und von 15.30 bis 18.30 Uhr, an Sonn- und Feiertagen von 9.30 bis 12.30 Uhr und 17.30 bis 18.30 Uhr

◁ *Überall stehen Preisschildchen herum*

Hintergrund: ***Die heilige Lucia von Syrakus***

Als Geburtsjahr der Lucia von Syrakus werden die Jahre 281 bis 289 nach Christus genannt, ihren Todestag kennt man genauer: Es ist der 14. Dezember 304. Man weiß, dass sie in eine offensichtlich wohlhabende Familie geboren wurde. Ebenso weiß man, dass Lucia entgegen den Plänen ihrer Mutter, die sie verheiraten wollte, die damals noch nicht sehr verbreitete christliche Lehre zum Sinn und Zweck ihres Lebens erkor. Jungfrau wollte sie sein und den Geboten der christlichen Kirche folgen. Damit stellte sie sich bewusst gegen ihre noch vorwiegend heidnisch geprägte Umgebung, folglich verschmähte sie den von den Eltern erwählten Bräutigam. Der schließlich denunzierte sie als Christin, und nach verschiedenen Martyrien wurde sie am 14. Dezember 304 hingerichtet.

Rund um diese wenigen Fakten ranken sich Mythen und Geschichten, denn eine schöne junge Frau, noch dazu früh gestorben, bietet allerlei Stoff dafür. Wen interessiert schon fast zweitausend Jahre später die reine Wahrheit? Die von Robert Langdons Taxifahrer Maurizio präsentierte Anekdote, dass sie sich selbst die Augen ausstach, weil sie zu schön war und stän-

dig Männer anzog, wird von Historikern keinesfalls auf breiter Basis bestätigt. Aber sie klingt gut und passt hervorragend in einen Thriller, deshalb hier noch einmal der Wortlaut des Italieners:

„Ihr Fahrer drehte sich zu ihnen um und schrie über den Motorlärm hinweg. ‚Lucia war so schöne Frau, dass alle Männer hatten Lust auf sie. Also stach Lucia sich selbst Augen aus, um zu bleiben Jungfrau und rein vor unsere Gott im Himmel.'" Sienna stöhnte. ‚Das nenne ich mal engagiert.' ... Sienna drehte sich zu Langdon um. ‚Er weiß schon, dass das keinen Sinn ergibt, oder?'" (Seite 442)

Fest steht aber, dass der Name Lucia „Licht" bedeutet, und das kann man, wenn man will, gut als „Augenlicht" interpretieren. Man kann es aber auch so sehen: Der Kirchengeschichte nach verkaufte Lucia von Syrakus all ihre weltlichen Güter, um mit dem Erlös Armen zu helfen. Wenn sie den Bedürftigen Essen brachte, brauchte sie beide Hände, weswegen sie sich einen Kranz mit brennenden Kerzen auf den Kopf setzte, um auch in der Dunkelheit sehen zu können. Licht, gute Sicht und Erleuchtung kommen also in und um Lucias kurzes Leben anscheinend häufiger vor. Noch heute feiern Christen in vielen Ländern der Welt das Lucia-Fest, und häufig haben Mädchen dann Lichterkränze auf den Köpfen.

Wer nun Recht hat, ist vielleicht heute nicht mehr so wichtig. Alle Zeiten brauchen schließlich ihre Idole. Und natürlich wurde Lucia, die Leuchtende, in den Jahren nach ihrem heldenhaften Tod von den Christen verehrt, schließlich war sie für die damals noch mehr als unbeliebte Idee gestorben. Und so ist es kein Wunder, dass sie bald zur Heiligen wurde.

In Syrakus errichtete man ihr eine Grabstätte, aber über die Jahrhunderte wurden ihre Gebeine tatsächlich mehrmals „umgebettet", um es einmal freundlich zu formulieren. Eine Zeitlang „ruhten" sie in Konstantinopel, dem heutigen Istan-

△ *Die Legende wird auch in ihrer Kirche gepflegt: Lucia präsentiert ihre ausgestochenen Augen auf einem Tablett*

◁ *Die heilige Lucia bekommt viel Besuch. Ihre Kirche ist immer schön geschmückt*

bul, von dort gelangten sie nach Venedig, und dass der damalige venezianische Doge Dandolo, der während des vierten Kreuzzuges im Jahr 1204 auf Beutezug ging, dabei mitgeholfen hat, ist unbestritten (siehe auch das Kapitel Hintergrund: Enrico Dandolo auf Seite 165).

In den historischen Dokumenten der Kirche San Geremia wird übrigens eine feierliche Prozession erwähnt, die am 18. Januar 1280 zu Ehren der Heiligen Lucia stattfand. An jenem Tag wurden die kostbaren Reliquien in die venezianische Kirche übertragen. Zu dieser Zeit war Dante Alighieri vierzehn Jahre alt und Schüler eines christlichen Mönchs. Es ist sehr wahrscheinlich, dass die Geschichte der heiligen Lucia zum damaligen Lehrstoff gehörte, und es ist ebenfalls möglich, dass Dante von der Feierlichkeit in Venedig erfahren hat und das später zum Anlass nahm, Lucia im zweiten Gesang seines *Inferno* auftreten zu lassen. Robert Langdon jedenfalls „erinnert sich, dass die heilige Lucia auch in Dantes *Inferno* an prominenter Stelle erwähnt wurde. Sie war eine der drei gesegneten Frauen ..., die dabei halfen, Vergil heraufzubeschwören, der Dante aus der Unterwelt führen sollte. Da es sich bei den anderen beiden Frauen um niemand Geringeren als die Jungfrau Maria und Dantes innig geliebte Beatrice handelte, war offenkundig, wie sehr Dante Lucia schätzte" (Seite 444).

Wie schon erwähnt, landeten „Lucias Knochen" zunächst in der Kirche Santa Lucia, die an der Stelle stand, wo heute der Bahnhof liegt. In den Dokumenten der Chiesa San Geremia wird eine Blindenschule erwähnt, die sich zu diesem Zeitpunkt nebenan befand, und vielleicht rührt ja daher die Tatsache, dass Lucia schließlich zur Schutzheiligen der Blinden erkoren wurde. Ihre Anhänger waren jedenfalls, wie man sich denken kann, überhaupt nicht erbaut über den Abriss des Gotteshauses zum Vorteil eines Profanbaus, der dem Verkehr dienen sollte. Lucia aber erhielt schließlich wenige Häuserblocks weiter ihre eigene Kirche. Dort ist sie heute noch zu finden.

Übrigens ist Lucia nicht nur die Schutzheilige der Blinden. Sondern auch der Armen, der Anwälte, Bauern, Elektriker, zahlreicher weiterer Handwerker, der Näherinnen sowie der Schreiber. Na, dann. Dante wusste also, was er tat. Und Dan Brown offensichtlich auch. War sie es etwa, die den beiden Schreibern so viel Ruhm gebracht hat?

Riva degli Schiavoni

„Nervös beäugte sie ..." (Sienna) „... ein zehnstöckiges Kreuzfahrtschiff, das knapp dreihundert Meter entfernt vor ihnen kreuzte. Auf den Decks wimmelte es von Passagieren, und alle drängten sich an die Reling und machten Fotos vom Markusplatz. Im Kielwasser des Schiffes folgten drei weitere und warteten auf ihre Chance, ebenfalls an Venedigs berühmtester Sehenswürdigkeit vorbeizufahren." (Seite 449/450)

Kreuzfahrtschiffe gibt es unmittelbar an der Riva degli Schiavoni nicht. Sie fahren in einiger Entfernung vorbei und landen am Kreuzfahrt-Hafen in der Nähe des Bahnhofs. An der Riva degli Schiavoni, die an der Piazzetta di San Marco beginnt und sich mehrere hundert Meter in Richtung Osten am Ufer der Lagune entlang zieht, liegen zwei Vaporetto-Haltestellen,

Nach der temporeichen Fahrt mit dem Wassertaxi über den Canal Grande erreicht Maurizio das Ende des Kanals. An der Stelle, wo der Kanal in die offene Lagune übergeht, erreichen sie die Uferpromenade von Venedig. Während Maurizio nach einem freien Platz zum Anlegen sucht, findet Robert Langdon Zeit, sich die Riva degli Schiavoni in Ruhe anzuschauen.

△ *Riva degli Schiavoni mit dem Anleger des Hotels Danieli*

zahlreiche Gondolieri-Stationen und private Bootsanleger, wie der des Hotels Danieli. Das alles sorgt für mehr Verkehr als man der Lagune auszuhalten zutraut.

Am Abend, wenn die Tagesausflügler Venedig verlassen haben, macht es Spaß, die Promenade entlang zu spazieren, zuzuschauen, wie die Gondolieri ihre Gondeln schrubben, bevor sie Feierabend machen und in einem der zahlreichen Lokale einzukehren. Und wer sich nach links in eine der schmalen Gassen des Viertels San Marco wagt, steht wenige Meter weiter in einer anderen Welt. Hier ist Venedig zu Hause. Hier gibt es Ruhe und dazu kleine Bars, wo für ein paar Euro eine Ombra (ein Glas Wein) und ein paar Cicchetti (kleine Häppchen, die venezianische Variante der spanischen Tapas) über den Tresen gereicht werden.

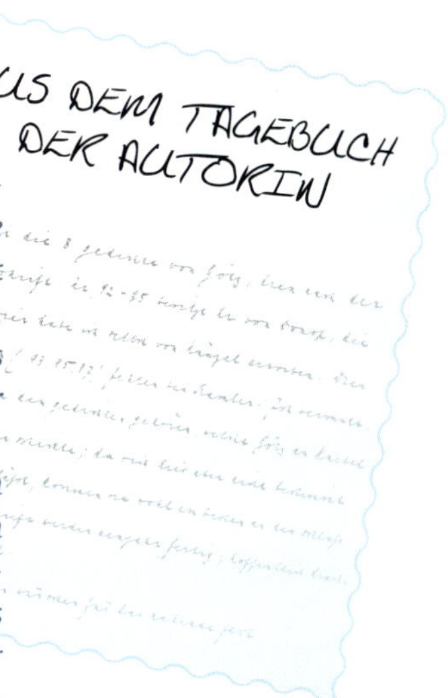

Venedig, 6. Juni 2013

Ich sitze in der Lobby des Hotels Danieli und warte auf meine Ansprechpartnerin, die mir das Hotel zeigen will. Cyndy kommt, und sie überreicht mir lächelnd eine Flasche Wein. Überrascht fällt mein Blick auf das Etikett: Der Wein heißt Inferno. Jetzt müssen wir beide lachen, und Cyndy freut sich sichtlich darüber, dass es ihr gelungen ist, dieses Fläschchen aus ihrem bestimmt nicht schlecht bestückten Weinkeller auszugraben.
Zurück im Büro recherchiere ich: Der Wein stammt aus der Gegend am Comer See in Norditalien. Inferno heißt er, weil die Trauben an einem extrem steilen Südhang wachsen und im Sommer von der höllisch brennenden Sonne aufgeheizt werden. Gefälle und Sandboden machen das Arbeiten in diesen Hängen schwer. Gewonnen wird der Inferno aus der Nebbiolo-Rebe (für Weinliebhaber: 100 Prozent Nebbiolo, zwei Monate im Edelstahl-Fass, weitere achtzehn Monate im Holzfass gereift, Weingut Nino Negri, Lombardei). Hatte nicht auch Robert Langdon im Roman etwas von einem Glas Nebbiolo am Vorabend erwähnt?
Ich wage mal vorsichtig eine Prophezeiung: Der Inferno kann fünf, sechs Jahre lagern. Würde mich sehr wundern, wenn er das bei Nino Negri zu Hause schaffen würde.

Hotel Danieli

Robert Langdons Fahrer Maurizio setzt seine Gäste an der Promenade Riva degli Schiavoni ab, er findet einen freien Anlegeplatz direkt vor dem Hotel Danieli. Wir können ziemlich sicher sein: Hätte Robert Langdon nicht im Markusdom festgestellt, dass er sich im falschen Land aufhält, er hätte sich ohne weitere Umwege hier zur Ruhe gebettet. Im Danieli hätte er nämlich weiter auf den Spuren Enrico Dandolos forschen können. Das dürfen nun seine Fans für ihn tun: Denn „das Danieli", eines der traditionsreichsten Hotels der Stadt, bettet seine Gäste in drei nebeneinander liegenden Palazzi. Einer von ihnen ist der Palazzo Dandolo.

Der Wassertaxifahrer Maurizio sucht im Stau vor der Piazzetta nach einem Platz zum Anlegen. Zwischen Schiffen und Gondeln hindurch lenkt er das Boot an einen freien Anleger vor dem Hotel Danieli, und seine Helden steigen aus.

Der Palazzo Dandolo gehörte der Dogenfamilie, der auch der berühmte Kreuzfahrer Enrico entstammte. Seine Nachfah-

ren errichteten an der Lagune diesen Palast im 14. Jahrhundert als Wohnhaus, und auch, wenn Enrico, der 1205 gestorben war, nicht mehr einziehen konnte, so fanden doch einige der Schätze, die er aus Konstantinopel mitgebracht hatte, hier einen neuen Platz. Das orientalische Flair von damals ist immer noch spürbar: Denn hat man die schmale Holz-Drehtür passiert, steht man in einer Halle, die den Namen Lobby eigentlich nicht verdient, sondern eher wie ein orientalisches Museum wirkt. Unwillkürlich möchte man erst einmal in Ruhe schauen und staunen.

Der Palazzo Dandolo beherbergt außerdem Zimmer und Suiten, das Restaurant auf der Dachterrasse sowie die Bar Dandolo: Die Bar hat beinahe rund um die Uhr geöffnet. Hier bekommt man alle Getränke, die man kennt, kleine italienische Köstlichkeiten, Caffè und Kuchen, und wer sich in einem der plüschigen Sessel erst einmal niedergelassen hat, um die Pracht in Rot und Gold in Ruhe zu betrachten, muss aufpassen, dass er darin nicht auch hundert Jahre alt wird – so gemütlich sind diese Sessel.

Wer es ernst meint mit der *Inferno*-Reise, der wohnt selbstverständlich im Palazzo Dandolo. Die Farben Rot und Gold sollte man dafür mögen. Daneben gehören zum Hotel inzwischen zwei angrenzende, neuere Palazzi, wo jeweils ein eigener Stil gepflegt wird. Venezianische Tradition und Handwerkskunst, zum Beispiel bei den Terrazzo-Fußböden, für die kleinste Mosaiksteine einzeln gelegt wurden, bestimmt auch hier die Einrichtung, wenngleich die Wohnfarben deutlich ruhiger daher kommen. So ist das Hotel Danieli im Laufe der Zeit zum großen Hotel mit 250 Betten gewachsen, und trotz luxuriöser Übernachtungspreise sind sie während der Hauptsaison oft komplett belegt.

Hotel Danieli

Riva degli Schiavoni 4196
30122 Venedig
Telefon 0039 041 522 6480
Fax 0039 041 5200208
E-Mail:
danieli@luxurycollection.com
www.starwoodhotels.com/danieli
Die Übernachtungspreise sind je nach Saison und Zimmer sehr unterschiedlich, ab ca. € 340,00 im Doppelzimmer inkl. Frühstück

Insider-Tipp

Im Hotel Danieli hat man schon wenige Wochen nach Erscheinen von Dan Browns Roman ein Arrangement für Inferno-Fans zusammen gestellt. Es gilt für mindestens zwei Übernachtungen in einem Doppelzimmer des Palazzo Dandolo mit Lagunen-Blick, dazu gibt es Frühstück für zwei Personen, ein Drei-Gänge-Menü auf der Dachterrasse inklusive einer Flasche Inferno-Rotwein sowie eine Führung durch den Dogenpalast. Preise ab ca. € 795,00 pro Person..

◁ *Lobby oder Palazzo? Das Danieli entführt Besucher in die Welt der venezianischen Dogen*

Palazzo Ducale – der Dogenpalast

„Das Wassertaxi war nun auf Höhe des Markusplatzes, und rechts erhob sich majestätisch der Dogenpalast.“ (Seite 453)

Der Dogenpalast spielt in *Inferno* keine nennenswerte Rolle. Robert, Sienna und Dr. Ferris rennen an ihm vorbei. Da sie allerdings am Hotel Danieli anlegen, gehen sie an der Promenade Riva degli Schiavoni an Land, laufen über den Ponte della Paglia und vorbei an den beiden der Stadt zugewandten Seiten des Palastes: Einhundert Meter misst seine Südseite an der Lagune, dann geht es um die Ecke und an der siebzig Meter langen Westfassade vorbei.

Interessant ist der Dogenpalast natürlich trotzdem: nicht nur wegen seiner unermesslichen Kostbarkeiten im Inneren, sondern auch wegen seiner historischen Bedeutung. Immerhin lagen hier Amts- und Wohnräume von einhundertzwanzig venezianischen Dogen, unter ihnen Enrico Dandolo. Er selbst lebte allerdings in einem Vorgängerbau.

Auch von Außen ist der Dogenpalast wunderschön. Trotz seiner massiven, rechteckigen Form wirkt er beinahe leicht und freundlich. Zu verdanken hat er diese Wirkung der Fassadenverkleidung aus hellrosa und sandfarbenem Marmor sowie den Arkadengängen, Säulen und Skulpturen, die seine

Fronten zieren. Nachdem es schon während des Mittelalters hier hölzerne Vorbauten gegeben hat, wurde der Bau des heutigen Palastes im 14. Jahrhundert begonnen und erst nach 1600 fertig gestellt.

Palazzo Ducale

Piazza San Marco, 1,
30124 Venedig,
Telefon: 0039 041 271 5911
www.visitmuve.it
Öffnungszeiten:
Von April bis Oktober von 8.30 bis 19.00 Uhr und von November bis März von 8.30 bis 17.30 Uhr
Eintritt ca. € 16,00

△ *Wunderschön und fast freundlich empfängt der Dogenpalast Ankommende am Viertel San Marco*

La Piazza di San Marco - Der Markusplatz

„Napoleon hatte den Markusplatz einmal als den ‚Salon Europas' bezeichnet. Wie es aussah, fand in diesem Salon soeben eine Party für viel zu viele Gäste statt. Die Piazza sah aus, als würde sie im nächsten Moment unter dem Gewicht ihrer Bewunderer versinken." (Seite 452)

Dan Brown hat Recht. Wer am Markusplatz an Land geht, ist endgültig in Venedigs Partyzone angekommen. Auch wenn man angesichts der Menschenmassen, die sich hier schieben, meinen könnte, es gäbe etwas umsonst – dem ist nicht so. Mit Ausnahme von besonders schönen Aussichten eben, und deshalb sind sie alle hier.

Der Markusplatz ist nicht irgendein Platz in Venedig. Immer noch ist er der einzige, den die Venezianer „Piazza" nennen, alle anderen Plätze heißen „Campo". Und die Venezianer trennen streng zwischen „Piazza" und „Piazzetta". Denn mit dem

Markusplatz, also der Piazza, ist ausschließlich der große, hintere Teil gemeint. Der vordere, ans Wasser grenzende, kleinere Teil des L-förmigen Platzes heißt liebevoll Piazzetta, kleines Plätzchen. Das ist nun wirklich eine Untertreibung und außerdem völlig untypisch für Venedig, wo Understatement ja eher nicht die Tagesordnung bestimmt. Der Name kleines Plätzchen erschließt sich aber sofort, sobald man ihn überquert und nach links auf die Piazza eingebogen ist. Wer die Chance hat, sie frei von Touristen zu erleben, sollte sich dieses Erlebnis unbedingt gönnen.

Der Markusplatz hat eine besondere Lage: Er liegt an der Stelle, wo Insel, Canal Grande und die offene Lagune aufeinander

△ *Diese einzigartige Atmosphäre entfaltet der Markusplatz nur selten: am frühen Morgen ist er noch leer*

△ ▷ *Früher wie heute das Zentrum Venedigs: Piazza und Piazzetta*

Insider-Tipp

Wer die Chance hat, in Venedig zu übernachten, sollte auf keinen Fall einen abendlichen Besuch auf dem Markusplatz verpassen. Wenn die Tagestouristen verschwunden sind und der Platz sich wenigstens ein bisschen leert, spielen die Violonisten der benachbarten Cafés gegeneinander an und sorgen mit klassischer Musik zwischen den historischen Arkaden für eine Atmosphäre, die man wohl nirgendwo sonst auf der Welt findet.

treffen. Zwischen Piazza und Piazzetta steht der Campanile, gegenüber der Markusdom und davor, am Ufer, der Dogenpalast, an den sich die Promenade Riva degli Schiavoni anschließt. Zentraler geht es nun wirklich nicht, und deshalb ist es kein Wunder, dass der Markusplatz zu allen Zeiten seines Bestehens ein besonderer Ort war. Allerdings war er nicht immer so groß und so schön wie heute. Sein aktuelles Aussehen ist das Ergebnis von mehreren Umbauten, die sich über Jahrhunderte hinzogen.

Die erste Piazza di San Marco entstand im 9. Jahrhundert als Kirchplatz vor der ersten Markuskirche, die an der Stelle des heutigen Dogenpalastes stand. Schon damals war der noch vergleichsweise kleine Platz den Venezianern Treffpunkt für Heiliges und Unheiliges: Sie wählten dort ihre Dogen, köpften ihre Verurteilten und feierten den Karneval.

Als die Kirche und zahlreiche umliegende Häuser im Jahr 976 abbrannten, nutzte man die Chance, für den Wiederaufbau die Fläche zu vergrößern. Dafür wurde ein Kanal zugeschüttet, und zahlreiche Bäume fielen dem neuen Platz zum Opfer. So entstand eine größere

Freifläche, auf der heute die Piazza und alle umliegenden Gebäude Platz haben. Erst sehr spät, fertig gestellt im Jahr 1723, erhielt der Platz sein Pflaster aus weißem und schwarzem Trachyt und darf eigentlich seitdem erst Piazza („Platz“, für „gepflasterten Platz“ genannt werden, im Gegensatz zum ungepflasterten „Campo“ („Feld“). Trachyt ist ein Vulkanstein, der in norditalienischen Vulkangebieten abgebaut wird. Es ist frost- und damit witterungsbeständig, was an dieser Stelle von Bedeutung ist. Denn die Piazza di San Marco liegt so tief, dass sie bei Hochwasser in der Regel für längere Zeit komplett unter Wasser steht. Die bald dreihundert Jahre sieht man dem Pflaster aber inzwischen deutlich an.

Erst mit der Plattierung erhielt der Platz sein unverwechselbares und exklusives Erscheinungsbild, und es ist den Stadtplanern von Venedig hoch anzurechnen, dass sie ihre neue Piazza nicht mit weiteren Utensilien „schmückten“. Brunnen, Säulen, Statuen – für all dies hätten sich sicher gute Ideen und kompetente Schöpfer gefunden. Aber der Platz blieb leer. Zumindest was feste Bauten betrifft. Der einheitliche Arkadengang an drei Seiten sowie das Portal der Markuskirche an der vierten Seite schaffen eine Wirkung, die ihresgleichen sucht und von keinem „Schmuck“ verbessert werden könnte. Ob die Venezianer während der Bauzeit geahnt haben, dass ihr Platz im 21. Jahrhundert fast niemals leer sein würde?

Passenderweise haben venezianische Gastronomen ihre Cafés und Restaurants hier angesiedelt, und auch die wurden im Laufe der Zeit besonders. Besonders teuer, würde so mancher iro-

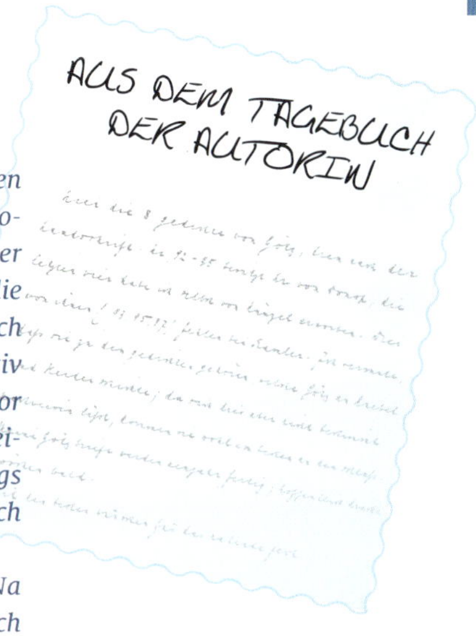

Venedig, 6. Juni 2013

Es ist kurz nach 21 Uhr, ich schlendere über den Markusplatz – den größeren Teil – und lasse mich von den Geigenspielern des Caffè Florian und der Nachbarcafés, der eindrucksvollen Architektur und der untergehenden Sonne verwöhnen. Während ich meine Kamera auf die Spitze des Campanile richte, spricht mich ein Mann von hinten an. Ich drehe mich um und schaue auf einen Bund roter Rosen. Der definitiv nicht italienisch aussehende Verkäufer wedelt mit einer einzelnen vor meiner Nase herum. Ich weiß nicht, was „Wolle Rose kaufen?“ in seiner Sprache heißt, aber die Botschaft habe ich verstanden. Diese Jungs haben es also bis auf den heiligsten Platz Venedigs geschafft. Nein, ich will keine Rose, ich brauche beide Hände für meine Kamera.
Er zückt einen Stiel und reicht mir die Rose: „Geschenk!“. Hmm. Na gut. Ich zögere, möchte aber niemanden hier beleidigen, bedanke mich also herzlich und wende mich, die Rose umständlich unter den Arm geklemmt, wieder dem Campanile zu. Geschätzte drei Sekunden später ist der Verkäufer wieder da und hält die Hand auf: „Euro für Geschenk!“, fordert er ein. Alles andere hätte mich auch gewundert. Ich greife in die Hosentasche, weil ich ahne, dass der unbekannte Rosenverkäufer mein Buch um eine hübsche Anekdote bereichern wird. Das ist ein Trinkgeld wert. Und die Rose nimmt er auch wieder mit. Geschenkt.

◁ *In den Cafés auf der Piazza spielen die Geigen am Abend um die Wette*

CAFFÈ FLORIAN

Eröffnet am 29. Dezember 1720 von Floriano Francesconi ist „das Florian" das älteste Caféhaus Italiens. Die nostalgisch-romantische Atmosphäre mischt sich mit italienischer Betriebsamkeit und selbstverständlich mit venezianischer Geschäftstüchtigkeit. Dass es hier Törtchen und Cappuccino gibt, interessiert kaum jemanden. Was zählt, ist die Atmosphäre, die Tradition und inzwischen auch schlicht der Markenname. Das Florian ist ein Ort, an dem man nicht darüber nachdenken sollte, wie viel der Espresso kostet. Er schmeckt einfach wunderbar und sollte besser als kostenlose Zugabe zu einem gut bezahlten Terrassenplatz in der ersten Reihe Venedigs betrachtet werden.

Caffè Florian

Piazza San Marco, 30124
Venedig
Telefon 0039-041-5205641
E-Mail:
info@caffeflorian.com
Internet:
www.caffeflorian.com

nisch behaupten, und auch das ist zweifellos richtig. Wenn man Lust hat, dreißig Euro für einen Aperitif auf der Terrasse auszugeben, oder dreihundert Euro für ein Abendessen, oder eintausend Euro für eine Nacht in einem stilvollen Hotel, dann wird man in der näheren Umgebung des Markusplatzes ohne Schwierigkeiten fündig. Das berühmte Caffè Florian ist unter den Arkaden zu Hause, und auch Harry's Bar liegt um die Ecke.

Für manchen Touristen scheint das schon alles zu sein, was er braucht. Für die Venezianer zählen aber in erster Linie die Symbole. Nicht nur die großen Kirchen und Paläste, sondern auch die auf den ersten Blick unscheinbareren Säulen, ganz vorne, am Meer, auf denen zum Beispiel „der Löwe" sitzt. Stellen sie doch nicht nur wertvolle Kunstwerke dar, sondern dienen hauptsächlich als ewige Zeichen einer Zeit, in der Venedig etwas schaffte, was mit dem Begriff „wirtschaftlicher Aufschwung" nur unzureichend beschrieben werden kann.

Gleich vorne, wo Robert Langdon, Sienna und Dr. Ferris aussteigen, „an seinem südlichsten Ende, wo die Piazza das Meer berührte", prangen die beiden berühmten Säulen: „... die bizarre Statue des heiligen Theodore, der stolz mit dem erschlagenen Drachen aus seiner Legende posierte..." und „... das allgegenwärtige Symbol Venedigs: ein geflügelter Löwe, dessen Pfote stolz auf einem offenen Buch ... ruhte ..." (Seite 463).

△ *Theodorus, neben dem Markuslöwen (Seite 151) eines der Wahrzeichen Venedigs*

▽ *Die Piazza von oben gesehen*

Der Campanile di San Marco – der Glockenturm

Mit seiner Höhe von fast einhundert Metern (genau: 98,6) ist der Campanile das höchste Gebäude Venedigs. Das musste er auch sein, schließlich wurde er, wie die meisten mittelalterlichen Türme nicht für die schöne Aussicht gebaut, sondern um unerwünschte Eindringlinge rechtzeitig zu erspähen. Mit seinem Bau wurde um das Jahr 900 begonnen, und etwa ein Jahrhundert darauf war er in einer ersten Version fertig gestellt. Später erhielt er noch ein zusätzliches Geschoss; die Spitze mit dem goldenen Engel wurde erst in den Jahren 1510 und 1517 aufgesetzt.

Während Maurizio das Boot an den Anleger steuert, wirft Robert Langdon einen Blick auf den Campanile, den Glockenturm des Markusdoms.

Neben der Funktion der nationalen Sicherheit diente der Turm auch der venezianischen Bevölkerung als Hilfe im Alltag. Sein Glockengeläut konnte nämlich mehrere Melodien „läuten". So gab es eine Melodie, die zum Gottesdienst rief, eine, die die Mittagszeit ankündigte, und damit kein Venezianer das schreckliche Schicksal erlitt, das Spektakel einer öffentlichen Hinrichtung zu verpassen, spielte die Glocke auch dafür einen speziellen Ton.

Am 14. Juli 1902 stürzte der Turm ein. Robert Langdon weist uns auf Seite 451 darauf hin. Die Venezianer, die ihren Campanile liebten, sollen noch am selben Abend beschlossen haben, ihn wieder aufzubauen, und zwar genau so wie er vorher war. Ganz

▷ Markusplatz, 21 Uhr: Der Turmwärter wartet noch, bis die letzten Besucher wieder unten sind. Gleich schließt er das schmiedeeiserne Tor seines Campanile zu

genau haben sie sich daran nicht gehalten. Wenn der am Tag des heiligen Markus, am 25. April des Jahres 1912, feierlich wieder eröffnete Campanile äußerlich auch so aussah wie sein Vorgänger, war er doch innen etwas moderner geworden. Zumindest scheint die Statik besser berechnet, denn trotz täglicher „Belastung“ durch Tausende Touristen steht er immer noch sicher. 2008 wurde er nochmals technisch und statisch überholt. Heute fährt ein Aufzug nach oben.

Campanile di San Marco

Piazza San Marco,
30124 Venedig
Die Öffnungszeiten variieren im Laufe des Jahres: In der Regel kann man ab 9.00 Uhr den Turm besuchen. Im Hochsommer ist der Turm bis 21.00 Uhr geöffnet, in der übrigen Sommersaison (März bis Oktober) bis 19.00 Uhr, von November bis März nur bis 15.00 Uhr. Eintritt ca. € 8,00, für Gruppen ab 15 Personen ca. € 4,00 pro Person. Nach oben fährt ein Aufzug.

La Quadriga - Die Rosse von San Marco

Während des vierten Kreuzzuges im Jahr 1204 (mehr Informationen dazu im Kapitel über Enrico Dandolo auf Seite 165), der die Venezianer ursprünglich nach Ägypten führen sollte, änderte man unterwegs die Richtung und lenkte die Flotte nach Konstantinopel, die damalige Hauptstadt des byzantinischen Reiches. Mit den Byzantinern hatte man noch eine Rechnung offen, nachdem sie im Jahr 1171 während eines Raubzuges Tausende Venezianer enteignet hatten. Eine kleine Rache schien also nur angemessen. Der Papst hatte den Kreuzzug zwar ursprünglich angeordnet, aber als er die rein kommerzielle Absicht der Venezianer erkannte, ließ er alle Beteiligten exkommunizieren. Die störten sich nicht daran, eroberten Byzanz und brachten eine Menge kostbare Souvenirs mit nach Hause. Die Hagia Sophia war etwas leerer geworden nach dem Auftritt der Venezianer, was vielleicht ein Grund dafür ist, dass die Grabplatte des Dogen Enrico Dandolo dort ungewöhnlich klein ausgefallen ist.

Auch die vier Pferde stammen aus der byzantinischen Beute und traten per Schiff den Weg nach Venedig an. Verreisen mussten sie allerdings noch öfter, denn auch Napoleon, der rund vierhundert Jahre später in Venedig einzog, gefielen sie so sehr, dass er sie in seiner Nähe sehen wollte, und das bedeutete einen Umzug nach Paris. Dort standen sie zwanzig Jahre lang auf der Place du Carrousel. Mit dem Ende von Napoleons Regierungszeit war auch ihr Frankreich-Aufenthalt vorüber: Im Jahr 1817 kehrten sie zurück nach Venedig.

Nach der vielen Klauerei der vergangenen Jahrhunderte schien es den Venezianern aber zu riskant, ihre geliebten Rösser draußen vor der Tür zu lassen, zumal die millimeterdünne Goldschicht, mit der sie überzogen sind, die venezianische Witterung nicht gut vertrug. Deshalb können die Touristen aus aller Welt vom Markusplatz aus nur Kopien bewundern,

die vom Balkon des Doms auf sie hinunter schauen. Die Originale sind im Dom-Museum sicher untergebracht.

Dass Dan Brown Robert Langdon behaupten lässt, die Quadriga sei im 4. Jahrhundert von einem unbekannten Künstler auf der griechischen Insel Chios in Bronze gegossen worden (Seite 470), ist Spekulation. Historiker datieren sie zwar auf die ersten Jahrhunderte nach Christus, die genaue Herkunft ist dennoch ungeklärt.

Basilica di San Marco – der Markusdom

Die Basilica di San Marco ist eine der spektakulärsten christlichen Kirchen der Welt. Allein, wenn man von Kunstwerken und Symbolen absieht und die reine Architektur betrachtet, kann der Besucher, der aus dem 21. Jahrhundert hier eintritt, nur ins Staunen kommen. Das Innere der Markuskirche besteht in großen Teilen aus Goldplättchen im Format von einem Quadratzentimeter – das ist eine Größe, die wir heute als Schmuck am Finger tragen. Die gesamte Decke der Kirche und weitere Teile des Innenraums sind mit diesen winzigen goldenen Plättchen ausgekleidet, und so ergibt sich ein Mosaik, das bei Sonneneinstrahlung zu verschiedenen Tageszeiten immer wieder anders leuchtet.

„Da die Innenraumdekoration aus Millionen Goldtafeln und -plättchen bestand, behaupteten einige, der Staub in der Luft enthalte tatsächlich Goldpartikel, die mit dem … Sonnenlicht eine besondere Atmosphäre schüfen. Eine Atmosphäre, die den Gläubigen nicht nur dabei helfe, ihren spirituellen Reichtum zu vergrößern, sondern es ihnen auch ermögliche, durch tiefes Atmen ihre Lunge zu vergolden" (Seite 479). Robert Langdon hat natürlich wie immer keine Zeit, entspannt Goldpartikel einzuatmen, sondern bekommt beinahe Schnappatmung, als er feststellt, dass das, was er sucht, nicht in dieser Kirche, sondern in einem anderen Land zu finden ist. Wer im Gegensatz zu Robert Langdon mehr Zeit für diese wunderschöne Kirche

mitbringt, sollte sich von der Menschenmenge, die in der Regel draußen Schlange steht, nicht abhalten lassen. Meistens geht es schneller als man denkt, und der Besuch lohnt sich wirklich.

Die Geschichte der Markuskirche ist schnell erzählt: Etwa ab dem Jahr 828 ist die erste Kirche erwähnt, ein einfacher Bau an der Stelle des heutigen Dogenpalastes. Sie diente den Dogen als Staatskirche, den Bürgern als spirituelles Zentrum und vor allem den trickreich herbeigeschafften Gebeinen des heiligen Markus als Grabstätte. Unglücklicherweise brannten Teile der Kirche im Jahr 976 ab. Mit ihr zahlreiche umliegende Häuser. Und wohl auch die Überreste des heiligen Markus. So dachte man jedenfalls. Aber Wunder passierten in der Geschichte der Kirche ja häufiger. Und so tauchten auch die berühmten Knochen einige Jahre später zufällig wieder auf. Die Venezianer freuten sich, und bauten „ihrem" Markus nun eine noch prachtvollere Kirche.

Dieser Bau der heutigen Basilika zog sich über viele Jahrhunderte hin. Da Venedig zu Beginn der Bauzeit noch unter byzantinischer Herrschaft stand, auch die Markus-Gebeine erst aus Alexandria herbeigeschafft werden mussten, war der Stil sehr stark von der byzantinischen Architektur geprägt. Viele Besucher, die große christliche Kirchen kennen gelernt haben, fühlen sich beim Anblick der Markuskirche eher an eine monumentale Moschee erinnert.

Basilica di San Marco

San Marco 328, 30124 Venedig
Telefon 0039 041 270831
www.museosanmarco.it
Öffnungszeiten: täglich von 9.45 bis 16.00 Uhr, in der Sommersaison bis 17.00 Uhr, an Sonn- und Feiertagen von 14.00 bis 16.00 Uhr. Der Eintritt in die Basilika ist frei, Eintritt in das Museum: ca. € 5,00.

△ *Geschlossener Ticketschalter in der Markuskirche: So kann ein Verkaufstresen aussehen, wenn große Künstler am Werk waren*

Insider-Tipp

Die vergoldete Decke lässt die Markuskirche bei Sonnenschein leuchten. Der Eindruck ist also bei gutem Wetter um ein Vielfaches schöner als bei bedecktem Himmel. Den Besuchstag in der Markuskirche sollte man also schlicht nach dem Wetter auswählen – es lohnt sich.

Hintergrund: ***Signore Ettore Vio***

„Langdon drehte sich um und erblickte Ettore Vio, einen jovial aussehenden, weißhaarigen Mann in blauem Anzug. Er trug seine Brille an einer Kette um den Hals“ (Seite 483).

Die ruhigen Zeiten im Leben des Ettore Vio sind vermutlich erst einmal vorbei. Es gibt ihn nämlich wirklich. Und von Beruf ist er: Genau, Architekt und Proto innerhalb des Kuratoriums von San Marco. Seit 1931 passt die Procuratoria di San Marco auf die zahlreichen Schätze, aber auch auf die Bausubstanz von Kirche und Kirchturm auf. Der Procuratoria di San Marco gehören acht Personen an, außerdem ein Architekt oder Ingenieur (Vio), der als Proto di San Marco über den baulichen Zustand wacht und nötige Reparaturen veranlasst. Und Robert Langdon hat ebenfalls Recht, wenn er behauptet, dass Ettore Vio Bücher über die Kirche geschrieben habe. Sein Bild-Textband *Die Markuskirche in Venedig* ist sehr lesenswert für alle, die sich für die Kunst und die Geschichte der Kirche und ihrer Schätze interessieren. Leider ist er zurzeit vergriffen.

Im Roman ist es Signore Ettore Vio, der Robert Langdon den entscheidenden Hinweis darauf gibt, welcher Doge den Pferden den Kopf abgetrennt haben könnte: „Im Alter von neunzig Jahren stand er genau auf diesem Platz da draußen, ohne etwas zu sehen, und predigte den Kreuzzug“ (Seite 485). Und an dieser Stelle fällt dem historisch gebildeten Langdon sofort ein, dass es sich um keinen anderen als Enrico Dandolo handeln kann.

Robert Langdon hat selbstverständlich keine Zeit, die prächtigen Goldmosaiken in der Basilika zu bestaunen, auch wenn er das gern tun würde. Kaum, dass er die Kirche betreten hat, lenkt er Sienna in das Obergeschoss, dorthin, wo die Quadriga ausgestellt ist. Dort fragt er eine Reiseleiterin nach dem Kurator des Museums, Signore Ettore Vio.

La Cripta di San Marco - Die Krypta

Robert Langdon weiß jetzt, dass er nach dem Grab von Enrico Dandolo suchen muss. Doch bevor er weiter rätseln kann, tauchen in der Basilika di San Marco die „schwarzen Soldaten auf". Langdon und Sienna müssen also flüchten und landen in der Krypta.

Der umlaufende Balkon der Kirche ist für Besucher des Dommuseums geöffnet und bietet schöne Ausblicke auf die Piazza und die Lagune. Robert und Sienna kommen hier aber nicht weiter, also flüchten sie wieder hinunter. Über eine Wendeltreppe gelangen sie ins Erdgeschoss und von dort weiter nach unten. Obwohl der Weg in das Kellergeschoss durch ein Seil abgesperrt ist, ignorieren sie die Absperrung und flüchten weiter hinunter in die Krypta.

Die Krypta liegt unter dem Presbyterium des Markusdoms und ist tatsächlich über zwei schmale, allerdings nicht gewendelte Treppen zu erreichen. Viele Jahre lang war sie die große Problemzone der Kirche. Teile der Krypta liegen zwanzig Zentimeter, andere Teile über fünfzig Zentimeter unter dem Meeressspiegel. Das reicht, um sie bei Acqua alta, bei Hochwasser, vollständig zu fluten. Bis Anfang der 1990er Jahre kam es immer wieder vor, dass die Krypta längere Zeit unter Wasser stand, manchmal sogar mehrere Monate lang. Aus diesem Grund hatte man sie sogar einmal für fast dreihundert Jahre verschlossen.

Doch dann kam Hilfe aus Frankreich, und zwar in der denkbar modernsten Form. Der französische Chemiekonzern Rhone-Poulenc hatte einen Schaumstoff entwickelt, der sich in kleine Bohrlöcher in den Wänden spritzen ließ, und der von dort aus in die Poren des Mauerwerks gesogen wurde und so die Steine abdichtete. Dadurch konnte sich das Mauerwerk bei Hochwasser nicht mehr vollsaugen.

Ein Trick? Oder wieder einmal ein Wunder? Nein, wenn schon Wunder, dann passierte hier das Wunder modernster Technologie. Angeblich hat Rhone-Poulenc der Stadt Venedig die Restaurierung der Krypta mittels PU-Schaum „gestiftet". Wer sich für die Einzelheiten der Restaurierung interessiert, dem sei der wunderbare Artikel des ZEIT-Reporters Robin Det-

La Cripta di San Marco

San Marco 328
30124 Venedig
Telefon 0039 041 270831
www.museosanmarco.it
Generell ist die Krypta geschlossen. Besichtigungen im Rahmen einer Führung sind aber zu besonderen Terminen möglich. Anmeldungen dafür müssen zwei bis vier Wochen vor dem gewünschten Termin schriftlich beim Kuratorium eingehen. Preise und Termine auf Anfrage.

je (nachzulesen im Online-Archiv der ZEIT) empfohlen. Detje durfte zur Neueröffnung der Krypta 1993 nach Venedig reisen und hat sehr amüsant darüber berichtet.

Immerhin ist die Krypta also seit 1993 so dicht wie ein historisches Bauwerk nur dicht sein kann. Kein Wassertröpfchen befeuchtet mehr die heiligen Knochen. Stattdessen wurden eine gute Belüftung und viel Licht installiert, das Mauerwerk saniert und ein stimmungsvoller unterirdischer Raum geschaffen, der gelegentlich besichtigt werden darf und ansonsten für besonders festliche Anlässe zur Verfügung steht.

Zwei Dinge aber schließen sich in der Architektur aus: Vollständige Dichtigkeit gegen Nässe und Fenster. Wo also sollen die Lichtschächte sein, durch die Robert Langdon und Sienna nach draußen klettern wollen? Ganz einfach: Es gibt sie nicht. Die Krypta von San Marco besitzt kein einziges Fenster.

△ *Signore Ettore Vio kann stolz sein: besser war der bauliche Zustand der Krypta nie als nach der Sanierung von 1993. Mit etwas Glück dürfen venezianische Paare in der Krypta den schönsten Tag ihres Lebens feiern*

Hintergrund: ***Alles nur geklaut?***

Dass die erste Markuskirche gebaut wurde, um den Gebeinen des heiligen Markus einen angemessenen Ruheplatz zu schaffen, ist bekannt. Aber was tat Markus überhaupt in Venedig? Die Antwort ist einfach: nichts. Der heilige Markus hatte mit Venedig rein gar nichts zu tun. Er wurde im Jerusalem (Israel) geboren, als junger Mann, so vermutet man, von Petrus zum Christentum bekehrt, wurde einer der Apostel Jesu und schließlich Bischof von Alexandria (Ägypten). Dort wurde er auch begraben, wahrscheinlich im Jahr 68 nach Christus.

Nun waren aber die Venezianer im 9. Jahrhundert auf der Suche nach einem Heiligen, den sie in ihrer Stadt verehren könnten, und ihre Wahl fiel auf Markus. Die Entscheidung begründeten sie mit einer Legende: Angeblich hatte Markus einmal die damals noch unbewohnte Lagune bereist. Dort soll ihm ein Engel erschienen sein, der ihm ankündigte, dass hier einmal seine Gebeine ruhen würden. Wunder? Phantasie? Egal.

Nun kann man ja schlecht jemanden als Schutzpatron verehren, der in einem anderen Land begraben ist. Für die Venezianer jedenfalls war das ganz und gar unmöglich. Mit Reisen aber hatten sie keine Probleme, Schiffbau konnten sie schon damals gut. Und weil sie auch die Sache mit dem „Mein" und „Dein" nicht so genau nahmen, machten sie sich auf nach Alexandria, um den Erwählten aus seiner dortigen Grabstätte zu holen. Angeblich verpackten sie auf der Rückreise seine Gebeine unter einer fetten Lage Schweinefleisch, damit muslimische Kontrolleure nach Möglichkeit nicht so genau hinschauten. So brachten sie Markus nach Venedig – der Legende nach. Signore Ettore Vio schreibt in seinem Buch über die Kirche, diese Legende sei im 8. Jahrhundert entstanden und in der Folgezeit immer weiter ausgeschmückt worden. Der Anteil an Wahrheit ist also heute nicht mehr freizulegen.

Etwas weniger schrill liest sich dieser Teil der Geschichte daher auch in der offiziellen Dokumentation der Markuskirche: „Die Gebeine des heiligen Markus wurden nicht ohne Abenteuer von Alexandria nach Venedig gebracht; am 31. Januar 828 wurden sie vom Dogen Giustiniano Particiaco in Empfang genommen." So kann man es auch beschreiben.

Wie auch immer sich die Dinge in Wahrheit zugetragen haben – klar ist wohl, dass es zu Anfang der Geschichte von San Marco in Venedig, sagen wir, etwas undurchsichtig und methodisch am äußeren Rande der Legalität zuging. Klar ist aber auch, dass die Venezianer ihren Markus in den folgenden über Tausend Jahren nicht besser hätten vermarkten können. Und dass sie im Jahr 1968 einen Teil der Gebeine als symbolische Geste an Alexandria zurück gaben, spricht schon ein kleines bisschen für ein schlechtes Gewissen.

Hintergrund: ***Die Dogen von Venedig***

Seit dem 7. Jahrhundert stand Venedig unter der Herrschaft des Byzantinischen Reiches. Deren Kaiser bestimmte im Jahr 697 den ersten Dogen (lateinisch „dux", Führer, später „duce", im venezianischen Sprachgebrauch „doge") und damit eine Art Vor-Ort-Regierung. Der zunächst alleinherrschende Doge besaß die Verwaltungshoheit, aber zugleich auch richterliche und militärische Macht. Im Laufe der Jahrhunderte sorgten die Venezianer selbst dafür, dass die Macht sich auf mehrere Schultern verteilte. Ab dem 12. Jahrhundert stellte man dem Dogen einen Rat an die Seite, und spätestens ab diesem Zeitpunkt war die Macht des Führers eher eine Farce. Während die Hintermänner die Arbeit erledigten, blieben dem Dogen mehr und mehr repräsentative Funktionen.

Dennoch: Einen Dogen zu stellen, bedeutete immenses Ansehen für seine Familie. Dass sich die venezianischen Familien darum schlugen, ist verständlich. Und dass daher die wenigsten Dogen, deren Amtszeit im Durchschnitt neun

Robert Langdon sucht in Venedig nach einem verräterischen Dogen, der Rössern den Kopf abschlug und die Knochen der Blinden raubte. Er hat einhundertzwanzig Männer zur Auswahl – so viele Dogen regierten Venedig.

△ *Den berühmten Löwen haben die Venezianer erfunden, sein Sockel wurde nach Venedig „gebracht"*

Jahre dauerte, auf natürlichem Weg aus dem Amt schieden (schließlich waren sie auf Lebenszeit gewählt und durften nicht zurücktreten), versteht sich beinahe von selbst. Die mittelalterlichen Methoden, einen Dogen abzusetzen, reichten von List und Tücke bis hin zum Einsatz des Schwertes auf offener Straße.

Da aber Venedig zum Zeitpunkt der Dogen eine Republik war, demnach also gewählt wurde, erfand man ein ausgeklügeltes Wahlverfahren, das mit den Jahren immer komplizierter wurde. Reichten am Anfang noch zehn Wahlmänner als Unterstützer, waren irgendwann vierzig beteiligt. Interessant ist auch, dass als zusätzliche Methode eine Art Losverfahren hinzugezogen wurde. Für jeden Kandidaten legte man Loskugeln in eine Urne, und im Rahmen einer öffentlichen Zeremonie auf dem Markusplatz erhielt ein kleiner Junge die Aufgabe, die Loskugeln zu ziehen. Wer Doge wurde, bestimmte also letztlich ein bisschen die Lotterie und ein bisschen der Beschluss der Wahlmänner. Und doch ist es kaum vorstellbar, dass die Familien nicht irgendwelche Methoden der persönlichen Einflussnahme fanden.

Genau einhundertzwanzig Dogen regierten Venedig. Der letzte, Ludovico Manin, dankte im Jahr 1797 mehr oder weniger freiwillig ab, nachdem Napoleon seine Stadt erobert hatte.

AUF EIGENE FAUST:
PER BOOT VOM BAHNHOF SANTA LUCIA ZUM MARKUSPLATZ

Schöne Touren zu Fuß lassen sich in Venedig unendlich viele machen – nur nicht auf den Spuren von *Inferno*. Robert Langdon braust, einmal angekommen, auf dem schnellsten Weg per Boot in die Markuskirche, wo ihn nach dramatischen Ereignissen und darauf folgendem gründlichen Nachdenken die Erkenntnis trifft, dass er sich im falschen Land aufhält. Und schon ist er wieder auf dem Weg zum nächsten Schauplatz.

Spaß macht es aber, Robert Langdons Weg in die Stadt nachzufahren: Schließlich ist die Bootsfahrt vom **BAHNHOF SANTA LUCIA** bis zur **MARKUSKIRCHE** eine tolle Stadtrundfahrt. Besonders schön ist sie am späten Nachmittag, wenn die Sonne weniger grell scheint, und noch schöner am Abend, wenn die Tagestouristen Venedig verlassen haben.

Natürlich kann man für die Tour ein Vaporetto nehmen. Was den großen Vorteil bietet, dass man relativ langsam fährt, unterwegs aussteigen und in Ruhe das anschauen kann, wozu Robert Langdon keine Zeit hatte. Stilvoll ist natürlich die deutlich teurere Variante: das

Wassertaxi. Da gibt's den Fahrer gleich dazu, und der spielt ja, wie wir spätestens in *Inferno* gelernt haben, gerne den Fremdenführer.

Robert Langdon steigt also zu Maurizio Pimponi ins offene Boot, nicht ohne vorher wenigstens einen Blick auf die Kuppel der **KIRCHE SAN SIMEONE PICCOLO** zu werfen. Über die auffällige grün patinierte Kuppel gleich gegenüber dem Bahnhof kann man aber auch kaum hinwegsehen. Ein Blick in die Kirche lohnt auf jeden Fall, denn sie ist ungewöhnlich hell und freundlich, und auch ihre runde Grundfläche, die an das römische Pantheon erinnern soll, ist eher eine Seltenheit bei Sakralbauten. Errichtet wurde sie zwischen 1718 und 1738 von Giovanni Scalfarotto. Historiker sind sich uneinig über ihre architektonische Einordnung. Sie wird als Barockkirche benannt, andere bezeichnen sie als frühes klassizistisches Bauwerk. Klar ist, dass sie Merkmale aus Renaissance, Spätbarock und Klassizismus zeigt. Typisch klassizistisch ist zum Beispiel der besonders schöne Säulenportikus außen vor dem eigentlichen Kirchenbau. Er liegt, wie die Kirche, einige Meter erhöht, so dass man zum Eingang erst einmal eine breite Freitreppe heraufgehen muss. Robert Langdon weiß über die architektonischen Details dieser Kirche sicher bestens Bescheid. Für seine Mission allerdings spielt sie keine Rolle. Er braust los, wir hinterher, aber mit dem guten Gefühl, Zeit für alle schönen Orte zu haben.

Gleich hinter dem Bahnhof unterqueren wir den **PONTE DEGLI SCALZI**, die die beiden Stadtteile **CANNAREGIO** und **SANTA CROCE** verbindet. Die Brücke entstand in den Jahren 1932 bis 1934. Ihr Architekt Eugenio Miozzi verwendete istrischen Kalkstein, ein Material, das in Venedig einigermaßen gut zu beschaffen war (die istrische Küste liegt am anderen Ufer der Adria) und für das langjährige Überdauern im beständig feuchten und salzhaltigen Klima bessere Eigenschaften besaß als das rohe Eisen, aus dem die Brücke zunächst (um 1858) erbaut worden war. Robust muss sie auch sein, denn durch ihre Nähe zum Bahnhof und zum Busbahnhof Piazzale Roma ist sie stark frequentiert.

Benannt wurde die Brücke nach der Kirche **CHIESA DEGLI SCALZI.** Sie ist die erste Kirche, die wir von unserem Vaporetto aus zu sehen bekommen: Ihre wunderschöne weiße Fassade strahlt dem Kanal praktisch entgegen. Sie stammt aus dem Jahr 1670 und wurde damit zwei Jahrzehnte später errichtet als die Kirche selbst, die sich innen wie außen in schönstem Barock prä-

sentiert. Damals hieß sie noch **SANTA MARIA DI NAZARETH** und gehörte den „barfüßigen Karmelitern". Dem Orden war im 17. Jahrhundert der Bau eines Klosters offiziell genehmigt worden. In einer Kapelle im Inneren des Kirchenschiffs liegt übrigens der letzte Doge von Venedig, Ludovico Manin, begraben.

Nur wenige hundert Meter weiter erwartet uns auf der linken Seite die nächste Kirche, die **CHIESA SAN GEREMIA**, gut an ihrer monströsen Kuppel zu erkennen. Sie ist die letzte Ruhestätte der heiligen Lucia, die in Dan Browns Geschichte eine Rolle spielt. Hinter der **CHIESA SAN GEREMIA** fährt unser Boot eine langgezogene Rechtskurve. Dahinter können wir uns entspannt zurück lehnen: Für etwa einen Kilometer Fahrt reihen sich jetzt auf beiden Seiten des Kanals die **PALAZZI** auf wie Perlen auf der Schnur. Auch wenn sie sich nicht immer auf dem aktuellsten Stand der Renovierung präsentieren, bieten sie doch je nach Tageszeit und Lichteinfall Fotomotive in leuchtenden Farben. Großflächig von Fassaden abblätternden Putz nehmen wir in Venedig gerne als Zeichen des besonderen Charmes in Kauf, die Venezianer tun es ja auch. Ihr auffälligstes Stilmittel, neben den orientalisch angehauchten Fassadenfarben sind die schmalen und hohen Fenster. Dass die zahlreichen Gebäude entlang des Canal Grande Palazzi heißen, hat übrigens keine aristokratischen Hintergründe. Es handelt sich schlicht um private Wohnhäuser, wenngleich sich am Kanal natürlich eher die betuchteren Familien niedergelassen haben. Die Venezianer nennen diese Häuser daher auch schlicht Ca' für Casa. Ihr einziger „echter" Palast ist der Dogenpalast.

In einem der schönen Renaissance-Paläste ist das **CASINO DI VENEZIA** beheimatet.

Zu Geld hatten die Venezianer immer ein gutes Verhältnis,

und das gilt auch heute noch. Wenn man ihnen glauben kann, waren sie es, die das Glücksspiel erfanden. 1638 eröffneten sie an dieser Stelle den ersten Spielsalon der Welt. Seitdem kann im aristokratischen Ambiente des **CA'VENDRAMIN** stilvoll Geld verloren werden. Die Dogen von Venedig fühlten sich hier wohl, genauso wie der deutsche Komponist Richard Wagner, der in diesem Palazzo sein Leben aushauchte und vom Casino als einer der berühmtesten Gäste in der Geschichte des Hauses angemessen geehrt wird: Im Restaurant kann man Wagners Lieblingsspeisen aus der traditionellen italienischen Küche bestellen, und ein kleines Museum gibt es auch.

1999 hielt der amerikanische Stil in Venedigs Casino Einzug, Las Vegas lässt grüßen. Unter bunten Lichtern darf man nun auch in einem zweiten Saal, dem **CA' NOGHERA**, anonym und etwas weniger stilvoll an Automaten spielen. Einer verdient dabei auf jeden Fall. Vermutlich ist es meistens ein Venezianer.

Öffnungszeiten: An Automaten kann täglich von 11.00 bis 2.45 Uhr gespielt werden, samstags und vor Feiertagen bis 3.15 Uhr. An Tischen wird ab 15.30 Uhr gespielt, ebenfalls bis 2.45 bzw. 3.15 Uhr. Im Hochsommer von Juni bis August öffnet das Casino erst am Nachmittag um 16.00 Uhr. Wie in allen Casinos dieser Welt wird auch hier Gästen und Spielern der Eintritt leicht gemacht: Für den Eintrittspreis von ca. € 10,00 erhält man Spielchips, außerdem freie Fahrt mit öffentlichen Verkehrsmitteln. Informationen dazu gibt es in vielen venezianischen Hotels.

Gleich hinter dem Casino kommt die **RIALTO-BRÜCKE** in Sicht, der **PONTE DI RIALTO**. Der Name Rialto leitet sich vom lateinischen riva alto (hohes Ufer) ab. Schon lange bevor Dante Alighieri lebte, nämlich etwa ab dem Jahr 1180, stand an dieser Stelle eine einfache Holzbrücke, die später durch eine Zugbrücke ersetzt wurde. Auch diese hielt Anspruch und Klima nicht stand. Im Jahr 1444 gab es einen schrecklichen Unfall: Um eine

Casino di Venezia

Palazzo Vendramin
Calle Vendramin, 2040
30121 Venezia
Telefon 0039 041 529 7111
E-Mail: info@casinovenezia.it
www.casinovenezia.it.
Öffnungszeiten: An Automaten kann täglich von 11.00 bis 2.45 Uhr gespielt werden, samstags und vor Feiertagen bis 3.15 Uhr. An Tischen wird ab 15.30 Uhr gespielt, ebenfalls bis 2.45 bzw. 3.15 Uhr. Im Hochsommer von Juni bis August öffnet das Casino erst am Nachmittag um 16.00 Uhr. Wie in allen Casinos dieser Welt wird auch hier Gästen und Spielern der Eintritt leicht gemacht: Für den Eintrittspreis von ca. € 10,00 erhält man Spielchips, außerdem freie Fahrt mit öffentlichen Verkehrsmitteln. Informationen dazu gibt es in vielen venezianischen Hotels.

Bootsprozession auf dem Canal Grande anzuschauen, hatten sich zahlreiche Venezianer auf der Brücke versammelt. Unter dem Gewicht der Zuschauer brach die Konstruktion schließlich zusammen. Fast hundertfünzig Jahre lang traute sich niemand mehr an den Brückenbau heran. Erst Antonio da Ponte entwarf die heutige, wunderschöne Steinbrücke, die im Jahr 1591 feierlich eingeweiht wurde. Sie ist achtundvierzig Meter lang, zweiundzwanzig Meter breit und steht auf ihren sechstausend Pfählen bis heute. Lange war sie die einzige Brücke über dem Canal Grande, und noch heute gilt sie als eine der schönsten Attraktionen der Stadt und als beliebtes Fotomotiv. Leider ist es fast unmöglich, die Brücke „pur“ zu fotografieren, zumindest tagsüber ist sie immer voller Touristen.

Hinter der Brücke folgt weiter Palazzo auf Palazzo. Zu jedem ließe sich sicher eine Geschichte erzählen. Spannender ist es aber, das in Sicht kommende **BACINO DI SAN MARCO**, also die Mündung des Canal Grande an seinem südöstlichen Ende in die Lagune zu beobachten. So langsam läuft unser Vaporetto nämlich in Venedigs Partyzone ein: der **DOGENPALAST**, der **MARKUSPLATZ** mit dem **CAMPANILE** und vor allem die lang gezogene Uferpromenade **RIVA DEGLI SCHIAVONI** kommen in Sicht. Wer die Aussicht darauf perfekt genießen möchte, der sitzt am besten vorne oder zumindest auf der linken Seite.

Es bietet sich an, am Ufer auszusteigen, entweder an der **HALTESTELLE SAN MARCO** oder an der nächsten **HALTESTELLE SAN ZACCARIA** gleich vor dem Hotel Danieli, schon allein, um zum Abschluss dieser Tour wenigstens eine der beiden weltberühmten Lokalitäten aufzusuchen, die Dan Brown zwar in *Inferno* erwähnt, für die Robert Langdon aber selbstverständlich die Muße fehlt: **HARRY'S BAR** und das **HOTEL DANIELI.** Auch wer dort nicht nächtigt, kann vielleicht ein feines Dinner auf der Dachterrasse genießen: Dort sitzt man auf Höhe der oberen Stockwerke des Dogenpalastes und schaut der untergehenden Sonne und dem Treiben auf dem Wasser unten zu, während der Sommelier eine Flasche „Inferno" entkorkt. Einen besseren Logenplatz, noch dazu mit Fernsicht auf die Giudecca-Insel und die Kirche San Salute, gibt es in Venedig kaum. (Adresse siehe Seite 123)

Für das etwas kleinere Portemonnaie gibt es immerhin den berühmten Bellini in **HARRY'S BAR**. Von der Haltestelle San Marco fällt man ohnehin fast hinein, aber es gibt auch einen Zugang von der Landseite aus über den Markusplatz. Auch der Bellini hat natürlich hier einen (venezianischen) Preis, der sogar Thriller-Touristen nach Luft schnappen lässt, und auch den gibt es anderswo günstiger. Aber anderswo ist eben auch nicht original. Wie zu fast jedem Schauplatz gibt es auch zu dieser Bar eine Geschichte, die an ein Wunder grenzt. Die von Harry's Bar geht so: Ein begabter Barkeeper, der in einem venezianischen Luxushotel als Kellner arbeitete, wollte gerne seine eigene Bar eröffnen. Allein, es fehlte am Geld. Dann lieh er auch noch einem amerikanischen Gast, der in eine wirtschaftliche Klemme geraten war, zehntausend Lire. Der Amerikaner verschwand, mit ihm das Geld. Viel später, der Kellner hatte schon nicht mehr mit ihm gerechnet, tauchte Harry Pickering aus den USA wieder in Venedig auf, legte die zehntausend Lire auf den Tisch und noch dreißigtausend dazu – für die Eröffnung der Bar am 13. Mai 1931, die

nach ihm „Harry's Bar" heißen sollte. So kam Giuseppe Cipriani zu seiner Bar und später, als der Erfolg sich einstellte, zum ebenso berühmten Hotel Cipriani.

Ob diese vielen, schönen, venezianischen Legenden alle der Wahrheit entsprechen oder aus dem großen Reich der Phantasie stammen, will eigentlich heute niemand mehr wirklich wissen. Es macht Spaß, sie zu erzählen, es macht Spaß, sie zu hören, und sie nähren den Nimbus dieser einzigartigen Stadt jedes Mal aufs Neue.

Harry's Bar

Calle Vallaresso, 1323
30124 Venedig
Telefon 0039 41 528 5777
E-Mail: harrysbar@cipriani.com
Öffnungszeiten: täglich von 10.30 bis 23.00 Uhr
www.harrysbarvenezia.com

Showdown am Bosporus: Schauplätze in Istanbul

VOM FLUGHAFEN ATATÜRK IN DIE ALTSTADT

Robert Langdon fliegt zusammen mit dem WHO-Team von Dr. Elizabeth Sinskey in einem Privatjet nach Istanbul und landet am Internationalen Flughafen Atatürk. Von dort geht es mit dem Auto in die Altstadt.

Der Name Atatürk begegnet dem Istanbul-Besucher nicht nur am Flughafen, sondern an zahlreichen Stellen in der Stadt. Die Türken verehren ihren ehemaligen Präsidenten noch heute, obwohl es viele Jahrzehnte her ist, dass er das Land mit seiner Politik entscheidend prägte. 1881 in einfachste Verhältnisse geboren, machte er eine militärische Karriere und trug dazu bei, dass nach Ende des Ersten Weltkrieges im Raum der heutigen Türkei das Sultanat abgeschafft und schließlich am 29. Oktober 1923 die Republik Türkei gegründet wurde. Ihr erster Präsident hieß Mustafa Kemal, der später den Beinamen Atatürk, „Vater der Türken", erhielt. Während seiner Amtszeit, die bis zu seinem Tod 1938 dauerte, sorgte Atatürk für radikale Reformen, darunter die Trennung von Staat und Religion. Weil er den Islam als das größte Hindernis bei der Modernisierung seines Landes betrachtete, war sein politisches Streben westlich und freiheitlich orientiert.

△ *Wo Wichtiges passiert, schaut er zu: Mustafa Kemal Atatürk*

◁ *Die Hagia Sophia, Istanbuls Wahrzeichen und einer der ältesten Sakralbauten Europas*

So passt es gut zu seiner politischen Gesinnung, dass er zum Namensgeber eines Flughafens wurde, dem Dreh- und Angelpunkt freier Bewegung. Der Internationale Flughafen Atatürk Havalimani wurde 2001 eröffnet und sollte rund zwanzig Millionen Passagiere im Jahr abfertigen können. Über dreißig Millionen sind es inzwischen, und wer hier abfliegt, sollte schon aus diesem Grund genug Zeit einplanen. Neben diesen gigantischen Zahlen zeichnet sich der Flughafen durch besonders strenge Kontrollen aus – schon vor dem Einchecken wird das Gepäck ein erstes Mal durchleuchtet –

und so ist es kein Wunder, dass er auch in der Statistik von beim Start verursachten Verspätungen ganz oben steht. Der Flughafen Atatürk liegt gut zwanzig Kilometer westlich der Altstadt und ist Heimatflughafen der Turkish Airlines, die alle großen europäischen Hauptstädte anfliegt.

Wer es ernst meint mit seiner Robert-Langdon-Tour, der steigt vor der Ankunftshalle in ein Taxi. Daneben gibt es einen Bus-Shuttle sowie eine Metroverbindung in die Altstadt, die zwar günstig, aber mit mindestens einem Umsteigen verbunden ist. Die Fahrt mit dem Taxi ist mit rund zwanzig Euro nicht allzu teuer und bietet schon einmal eine Menge schöner Ausblicke. Nach einem kurzen Stück Autobahn fährt man mehrere Kilometer an der Kennedy Caddesi, der nach John F. Kennedy benannten Uferstraße entlang. Rechts gibt es unverbaute Aussicht auf das Marmarameer mit seinem lebhaften Schifffahrtsbetrieb und auf den dahinter liegenden asiatischen Teil Istanbuls. Beinahe die gesamte Uferstrecke ist begrünt, so dass man hier schon einmal einen Eindruck von der

liebsten Freizeitbeschäftigung der Einheimischen bekommt: Picknick auf der Wiese ist im türkischen Familienleben sehr beliebt. Alle paar hundert Meter steht ein Kinderspielplatz, auf der anderen Straßenseite unterbrechen Reste der alten Stadtmauer das modernisierte Stadtbild, und dazwischen erheben sich immer wieder die spitzen Türme der Minarette – die Fahrt in die Altstadt ist schon eine erste kleine Stadtrundfahrt. Außerdem erhält man bereits einen Eindruck davon, wie unglaublich voll diese Stadt ist. Menschenleere Straßen oder Rasenflächen sucht man vergebens. Die genannte Einwohnerzahl Istanbuls schwankt zwischen den offiziellen etwa dreizehn Millionen bis zu geschätzten zwanzig Millionen. Wegen der vielen illegalen Einwanderer aus Nachbarländern wie Syrien oder Iran lässt sich die korrekte Zahl der Einwohner nicht bestimmen. Um ein Thema wie das der Überbevölkerung zu transportieren, hat Dan Brown sich mit Istanbul die perfekte Stadt ausgesucht.

△ *Die Fahrt vom Flughafen in die Stadt bietet tolle Ausblicke. Schade für Robert Langdon, dass bei seiner Ankunft das Wetter nicht mitspielt*

Der Sultanahmet Park

Der Wagen mit Robert Langdon biegt von der Kennedy Caddesi in die Altstadt von Istanbul ein. In der Kabasakal Caddesi, die an der Blauen Moschee vorbei führt, kommen sie nicht weiter – Stau. Die Männer springen aus dem Wagen und setzen ihren Weg zur Hagia Sophia zu Fuß fort. Sie müssen nur den Sultanahmet Park durchqueren.

Nun sind wir in der Altstadt von Istanbul angekommen. Hier liegen sich die beiden berühmtesten Moscheen der Stadt, die Sultanahmet Moschee (Blaue Moschee genannt) und die Hagia Sophia, unmittelbar gegenüber, hier liegen der Topkapi Palast, außerdem zwei antike Zisternen, mehrere Basare und zahlreiche Museen. Die drei Stadtteile Sultanahmet, Cağaloğlu und Eminönü bilden das Zentrum der Altstadt, die außerdem an drei Seiten von Wasser umgeben ist. Kein Wunder, dass es Istanbul-Touristen erst einmal hierhin zieht. Der Sultanahmet Platz ist sicher einer der geschichtsträchtigsten Plätze Istanbuls. Hier ließ Sultan Ahmed seine Moschee errichten, und auf der Freifläche daneben lag das Hippodrom, der Pferdeplatz. Wie oft in Istanbul, wenn man anfängt, für eine Baumaßnahme in der Erde zu graben, findet man Überreste alter Zeiten. Für Archäologen ist die Stadt ein Paradies.So auch hier. Als der Sultanahmet Platz neu gestaltet und zu einem kleinen Park umgewandelt werden sollte, fanden sich Säulen und andere steinerne Zeugen der Vergangenheit unter der Erde. Teile

davon sind im Bereich neben der Blauen Moschee zu sehen. Die lange, rechteckige Fläche zwischen den beiden Moscheen sollte der Erholung der Bürger und Besucher dienen, und das tut sie auch: In der Mitte lockt ein großes Wasserbecken, aus dem regelmäßig meterhohe Fontänen in die Luft spritzen, vor allem Kinder an. Auf den umliegenden Wiesen findet man schattige Plätzchen unter Bäumen, und wer das Picknick nicht selbst mitgebracht hat, deckt sich bei den fahrenden Händlern ein, die Sesambrezeln und gegrillte Maiskolben verkaufen. Dass heute im Sultanahmet Park gepflegte Freizeitstimmung herrschen kann, dafür hat auch die Hotelkette Four Seasons gesorgt. Weil sie die Gestaltung des Parks finanzierte, erhielt sie im Gegenzug die Genehmigung für ein Hotel in einer Seitenstraße des Platzes (siehe Seite 182). Auf einer Längsseite des Parks liegt das Hurrem Sultan Hamam, das eines der schönsten Hamams der Stadt sein soll, daneben ein Café. Die andere Längsseite blieb unbebaut. Hier verläuft die Straßenbahnlinie Richtung Galata, außerdem starten zahlreiche Touristenbusse hier ihre Stadtrundfahrt. Der Brunnen, den der deutsche Kaiser Wilhelm II. einst der Stadt schenkte, kann zwischen all dem Trubel leicht übersehen werden.

△ *Wasser, Wiese und schattige Plätze in den Cafés rund um den Sultanahmet Platz sind im Sommer begehrt*

Ayasofya Müzesi – Die Hagia Sophia

„Langdon richtete den Blick nach Osten. Die Hagia Sophia. Sie war weniger ein Gebäude als vielmehr ein Berg. (...) ‚Himmel', stöhnte Brüder ungläubig. ‚Und das sollen wir durchsuchen?'" (Seite 566)

Das Entsetzen von Agent Brüder ist nachvollziehbar. Klein ist die Hagia Sophia nicht gerade. Im Gegenteil: Als Kaiser Justinian im Jahr 532 ihren Bau befahl, wollte er alle bisherigen Sakralbauten in den Schatten stellen und sich selbst ein Denkmal setzen. Diese Motivation ist ja bei Machthabern aller Zeiten öfter anzutreffen und führt zu Katastrophen genauso wie zu gigantischen Bauwerken – in diesem Fall zu beidem.

Schon ab dem 4. Jahrhundert standen an dieser Stelle byzantinische Vorgängerkirchen. Zweimal brannten sie ab, das zweite Mal im Jahr 532. Reste der früheren Kirchenbauten kann man im Außenbereich rund um die Hagia Sophia betrachten. Den Verlust betrachtete Kaiser Justinian als Chance, etwas Neues, Besseres, Größeres zu errichten. Schon nach sechs Jahren Bauzeit, in der angeblich mehr als zehntausend Arbeiter tätig waren, wurde die Hagia Sophia, die „heilige Weisheit", am 27. Dezember 537 feierlich eröffnet. Istanbul, das damals noch Byzanz und später Konstantinopel hieß, gehörte zum oströmischen Reich, die Hagia Sophia war eine christlich-orthodoxe Basilika.

△ *Im Garten finden sich Reste der Vorgängerkirchen aus dem 4. Jahrhundert*

Vielleicht war es ein Fehler gewesen, nicht erfahrene Baumeister, sondern zwei „mekhanikoi" mit dem Entwurf zu beauftragen: Anthemios von Tralleis war Mathematiker und Physiker, Isidor von Milet lehrte Geometrie und Mechanik. Ob sie Erfahrung im Bauwesen besaßen, ist nicht bekannt. Klar ist jedoch, dass die mit zweiunddreißig Metern Durchmesser und bis zu fünfundfünfzig Meter hohe Kuppel, die sie entwarfen, wohl statische Mängel aufwies. Schon in den ersten Jahrzehnten nach der Eröffnung stürzte sie in Teilen mehrmals ein, was man dem stolzen Kaiser zuliebe anfangs aber zu verschleiern versuchte. Dem ersten größeren Erdbeben, das Istanbul im Jahr 989 erschütterte, hielt sie dann gar nicht mehr stand und brach vollständig zusammen. Kaiser Justinian er-

lebte das zum Glück nicht mehr. In den folgenden Jahrhunderten gab es immer wieder Erdstöße, die Teile der Basilika und zumeist die Kuppel beschädigten. Als man im 14. Jahrhundert die Hagia Sophia neu aufbauen und sanieren wollte, rechnete man gründlich. Um die Katastrophen der Vergangenheit nicht wieder zu erleben, baute man außen einige stützende Pfeiler an. Die sahen nicht sehr schick aus, weswegen sie verkleidet und optisch in die Kirchenfassade integriert wurden. So ergab sich über die Jahrhunderte die Außenansicht, die Robert Langdon als „Berg" empfindet: ein sehr gedrungener, massiver Baukörper.

△ *Kirche oder Berg? - Die Hagia Sophia*

△ *Im Inneneren der golden leuchtenden Basilika mischen sich die Zeichen aus chistlicher und muslimischer Zeit*

Mirsat, der Kurator der Hagia Sophia möchte dem berühmten Professor Langdon gerne seine Basilika präsentieren und führt ihn zu den kostbaren Schätzen. Doch Langdon will nur eines sehen: Dandolos Grab. Mirsat ist entsetzt, führt Langdon aber nach oben auf die Galerie.

Von den „innern Werten" der Hagia Sophia konnte vieles gerettet und wieder instand gesetzt werden: Zu dem Material, das man im 6. Jahrhundert für den Bau aus verschiedenen Teilen des Reiches zusammen getragen hatte, gehörten hellenistische Säulen aus dem Artemis-Tempel in Ephesos, Steine aus Syrien und Porphyr aus Ägypten. Diese „Bauteile" sind größtenteils noch viel älter als die Hagia Sophia selbst und schmücken sie noch heute.

Neben der Größe des Baukörpers war dem kaiserlichen Erbauer der kostbare Schmuck im Inneren ein besonderes Anliegen. Woher das viele Gold stammt, das in zahlreichen kunstvollen Mosaiken verarbeitet die Deckengewölbe und Wände schmückt, ist nicht mehr nachzuvollziehen. Klar ist aber, dass es eben diese golden schimmernden Kunstwerke sind, die der Hagia Sophia ihre einzigartige orientalische Atmosphäre schenken. (Und nebenbei: Die Ähnlichkeit mit der später erbauten Markuskirche in Venedig ist frappierend!)

Im Jahr 1204 kam Enrico Dandolo in Konstantinopel an. Der venezianische Doge leitete den vierten Kreuzzug, und seine Mission galt unter anderem den Kostbarkeiten in der Hagia Sophia. Die Basilika war leer, als er mit ihr fertig war. Was auch immer man als „nicht niet- und nagelfest" bezeichnen konnte, wanderte auf seine Schiffe und von dort nach Venedig.

Der Plünderungen nicht genug, übernahm Balduin, Graf von Flandern, die Krone von Konstantinopel und machte als eine seiner ersten Amtshandlungen die Hagia Sophia zu einer römisch-katholischen Kathedrale. Kurz darauf starb Enrico Dandolo und wurde in der Hagia Sophia beigesetzt. Des „Feindes" Grab, das im 19. Jahrhundert neu gestaltet wurde, liegt versteckt in der oberen Galerie. Zu sehen ist nur eine kleine Marmorplatte mit der Inschrift „Henricus Dandolo". Wäre die in den Boden eingelassene Platte nicht mit Ketten abgesperrt, der Besucher würde Dandolo glatt übersehen.

Die nächste große Veränderung erfuhr die Basilika in der Mitte des 15. Jahrhunderts, als die Türken die Stadt eroberten. Fatih Sultan Mehmed befahl 1453, die Hagia Sophia, die nun rund eintausend Jahre eine christliche Kirche gewesen war, in eine Moschee umzuwandeln. Dafür musste architektonisch einiges passieren: Dass Kirchenbänke entfernt und der Marmorboden von einem Teppich bedeckt wurde, gehörte eher zu den bescheideneren Veränderungen. Die zahlreichen kostbaren Mosaiken, die christliche Szenen zeigten, mochte man verständlicherweise nicht täglich anschauen. Sie wurden einfach mit einer dicken Schicht Putz überspachtelt. Außen erhielt die Hagia Sophia ein erstes hölzernes Minarett, weitere kamen in der Folge hinzu.

Erst unter Mustafa Kemal Atatürk, dem Gründer der türkischen Republik, wurde die Hagia Sophia ab 1934 vollständig saniert. Unter alten Teppichen kam wieder Marmor zum Vorschein, und die Mosaike wurden wieder frei gelegt, so dass die

Hagia Sophia

Sultanahmet Fatih, Istanbul
Telefon
0090 212 522 17 50
E-Mail:
ayasofyamuzesi@kultur.gov.tr
www.ayasofyamuzesi.gov.tr
Öffnungszeiten: täglich außer Montag von 9.00 bis 19.00 Uhr, in den Wintermonaten (Oktober bis März) von 9.00 bis 17.00 Uhr.
Eintritt ca. 10 Euro

△ Der Weg zu Enrico Dandolos Grab führt durch einen steinernen Aufgang auf die Galerie. Dort liegt Dandolos Grab an der rechten Seite des Mittelschiffs in der Nähe des berühmten Deesis-Mosaiks

△ *Die Kuppel der Hagia Sophia*

Hagia Sophia heute ihren ursprünglichen Zustand, ebenso aber die Zeichen des Sultanats präsentiert, wie zum Beispiel die beiden runden Kalligraphien rechts und links neben dem Altar. Atatürk beendete die Funktion als Zentrum für Gläubige und wandelte die Hagia Sophia in ein Museum um. Jeder, der es durch die strengen Sicherheitskontrollen am Eingang schafft, darf sie besichtigen und über dieses großartige, fast eintausendfünfhundert Jahre alte Zeugnis, in dem sich die Zeichen christlicher wie muslimischer Religion vermischen, staunen.

Hintergrund: ***Enrico Dandolo***

Die Dandolos waren zu ihrer Zeit eine einflussreiche venezianische Familie, und sie schafften es, im Laufe mehrerer Jahrzehnte unter ihren Mitgliedern gleich vier Dogen zu rekrutieren sowie zwei ihrer Töchter mit Dogen zu verheiraten. Das kann man auch aus der Entfernung eines knappen Jahrtausends als achtbaren politischen Erfolg bezeichnen.

Enrico war einer von ihnen, und zu Recht brachte er es zu größter Berühmtheit. Nicht nur, dass er beinahe hundert Jahre alt wurde (angeblich lebte er von 1107 bis 1205). Nicht nur, dass er im Laufe seines Lebens erblindet war. Im kühnen Alter von fünfundachtzig Jahren, einem Alter, in dem der gesetzte italienische Patriarch sich allenfalls noch mit einem Glas Rotwein zurück lehnt, ließ der blinde Enrico Dandolo sich am 1. Juni 1192 zum Dogen küren, um für seine Stadt zu kämpfen. Angeblich besaß er eine beeindruckende körperliche und geistige Fitness, und offensichtlich hatte er das besonders guten Genen zu verdanken, denn auch sein Vater und sein Onkel waren sehr alt geworden. Diesem Umstand und natürlich den Ereignissen seiner letzten Lebensjahre (er regierte noch zwölf Jahre!) ist es zu verdanken, dass er sich den Ruf erwarb, Venedigs kühnster Doge gewesen zu sein.

Dabei hatte Enrico Dandolo bis zum Zeitpunkt seines Amtsantritts nicht viel öffentliches Aufsehen erregt. Den Zeugnissen nach war er viel auf Reisen und immer wieder im östlichen Mittelmeer unterwegs gewesen, und er muss besondere intellektuelle und diplomatische Fähigkeiten besessen haben. Außerdem hatten vor allem die venezianischen Kaufleute im Jahr 1171 durch den Raubzug der Byzantiner, unter deren Herrschaft sie damals standen, viel verloren und waren interessiert an einem starken Regenten, der sich im Osten gut auskannte. Anders ist es kaum zu erklären (vom familiären Filz einmal abgesehen), dass die Venezianer einen blinden Fünfundachtzigjährigen zu ihrem Führer wählten.

Einige Jahre vor Beginn seiner Amtszeit hatte man ihm übel mitgespielt:

Nachdem Venedig von der byzantinischen Regierung beraubt worden war, beschloss der damalige Doge, anstelle einer Vergeltung den charismatischen Enrico Dandolo zu Verhandlungen nach Konstantinopel zu schicken. Angeblich kam Dandolo von dieser Mission geblendet zurück (die Ursache seiner Blindheit ist aber historisch nicht eindeutig geklärt). Immerhin: Er kam zurück. Als er Jahre später selbst Doge wurde, erinnerte er sich an eine offene Rechnung. Und als dann im Jahr 1202 die Kreuzfahrer des vierten Kreuzzuges in Venedig anlandeten, venezianische Schiffe brauchten, diese aber nicht bezahlen konnten, schickte Dandolo kurzerhand nicht nur seine Schiffe, sondern auch noch ein paar Tausend seiner Leute

△ ▷ *Späte Rache: Der Mann, der die Hagia Sophia ausraubte, erhielt posthum nur eine bescheidene Marmorplatte mit seinem Namen*

mit auf den Weg. Klar, dass er selbst nicht zu Hause bleiben wollte. In den folgenden Jahren beteiligten sich die Venezianer am vierten Kreuzzug im östlichen Mittelmeer. Ihr Anführer: Der inzwischen siebenundneunzigjährige Dandolo. Angeblich sollte Ägypten sein Ziel sein, nebenbei belagerte man die Stadt Zadar und nahm damit die dalmatinische Küste ein, doch irgendwie kam man vom Weg ab und beschloss unterwegs, lieber Konstantinopel zu erobern – was im Jahr 1204 auch tatsächlich gelang. Die Venezianer streckten ihre Finger aus, um Schätze zu sammeln und um die Kontrolle über das östliche Mittelmeer zu gewinnen.

Dandolo kehrte nicht nach Venedig zurück. Die Umstände seines Todes sind ungeklärt, aber man weiß, dass er 1205 im Alter von achtundneunzig Jahren in Konstantinopel starb und in der Hagia Sophia beigesetzt wurde.

Dandolo konnte seinen Erfolg also nicht mehr genießen. Seine Heimatstadt aber umso mehr. Denn die Eroberung Konstantinopels sicherte Venedig für längere Zeit eine wirtschaftliche Vormachtstellung im östlichen Mittelmeer und war einer der Gründe für den aufkommenden Reichtum der Stadt.

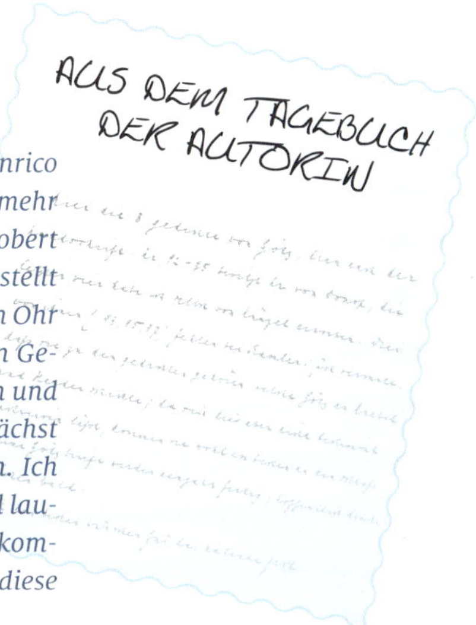

Istanbul, 22. Juni 2013

Dogan, mein kundiger türkischer Reiseleiter, und ich stehen an Enrico Dandolos Grab. Ehrlich gesagt, sind wir weniger ergriffen als vielmehr neugierig. Tropft es wirklich unter dem dicken Steinfußboden? Robert Langdon jedenfalls behauptet das. Schnell die Tasche beiseite gestellt und auf den Boden. Ich liege flach ausgestreckt auf dem Bauch, ein Ohr am kalten Marmor. Und höre: nichts. Nichts jedenfalls außer den Geräuschen der Touristen um mich herum, die langsam vorbei gehen und anfangen, mir seltsame Blicke zuzuwerfen. Ja, schaut nur, demnächst werden hier noch mehr Leute auf dem Boden liegen und lauschen. Ich suche noch ein, zwei andere Stellen, halte mir das freie Ohr zu und lausche. Nichts. Ich bin sicher, dass gleich ein Aufpasser um die Ecke kommen wird. Und ich bin todsicher, dass Dan Brown, sollte er jemals diese Zeilen lesen, einen Lachanfall bekommen wird.
Bevor ich weiter auffalle, stehe ich auf und klopfe mich ab. Das ist beinahe überflüssig, Dandolos Grabplatte wurde offenbar gut gewischt heute Morgen.
Dogan will es auch wissen. Dogan hat „Inferno" gelesen vor unserer gemeinsamen Tour durch Istanbul, und er kennt die Highlights seiner Stadt in- und auswendig. Natürlich weiß er, dass unter der Hagia Sophia Wasser plätschert. Aber dass man es von hier aus hören kann? Dogan liegt jetzt flach auf dem Bauch, ein Ohr an Enricos Grab. Auch er kann nichts hören. Na ja, macht ja nichts. War trotzdem eine schöne Geschichte, Mr. Brown. Kann es sein, dass es bei Ihrem Besuch in der Hagia Sophia furchtbar geregnet hat? Und dass die Tropfen, die Sie „hörten", vielleicht von draußen … , ach ist ja auch egal.

Yerebatan Sarnici – Die Yerebatan Zisterne

Auf dem Boden kniend hört Robert Langdon unter Dandolos Grab Wasser plätschern. Der Kurator der Basilika ist verwundert: Schließlich plätschert es doch hier fast überall. Ist doch der Untergrund der Hagia Sophia voller Wasser, das in die antike Zisterne fließen soll – den „versunkenen Palast". Und Robert Langdon muss schon wieder weiter – in die antike Zisterne.

Der Besuch in der Hagia Sophia war eindrucksvoll, aber kurz. Robert Landon muss weiter, nun führt ihn seine Mission in die antike Zisterne. Die Wegbeschreibung, die Dan Brown hier liefert, stimmt nicht ganz. Keinesfalls muss man durch den Sultanahmet Park zurück zur Blauen Moschee. Die Yerebatan Zisterne liegt nur wenige Meter von der Hagia Sophia entfernt. Man überquert vor dem Eingang die Straßenbahnschienen und folgt der Beschilderung vor Ort zur Yerebatan Caddesi. Dann steht man nach wenigen Metern auf der linken Straßenseite vor dem Eingang zur Zisterne.

Eines vorweg: Eine Besichtigung der Zisterne ist absolut lohnenswert. Allerdings sollte man keine Probleme mit Dunkelheit, Enge und feuchter Luft haben. Der Boden ist an vielen Stellen glitschig. Eine noch trockene Steintreppe führt hinunter in das Kellergeschoss der Istanbuler Altstadt. Innerhalb von Sekunden steht man in einer anderen Welt. Ein riesiger quadratischer Raum tut sich auf. Die Grundfläche von rund einhundertvierzig mal fünfundsechzig Metern wird optisch unterbrochen von den dreihundertsechsunddreißig annähernd gleich aussehenden Säulen, die den Raum stützen. Aus praktischen Gründen sind sie schlicht und glatt gemauert, aber ihre zumeist korinthischen Kapitelle, bis zu denen das Wasser nicht reichte, sind bis in die Gewölbedecke mit Ornamenten geschmückt. Unten steht natürlich Wasser, allerdings nur wenige Zentimeter hoch. Heute muss es niemandem mehr als Trinkwasser dienen, deshalb dürfen sich verschiedenste Fische hier tummeln. Farbiges Licht und die immer wieder anders erscheinenden Wasserspiegelungen schaffen eine einzigartige Atmosphäre. Die Besichtigung dieser Zisterne ist ein Highlight, das man sich während eines Istanbul-Besuches nicht entgehen lassen sollte. Es gibt wohl nur wenige Plätze auf der Welt, wo man so vollständig erhaltene Bauwerke aus früher römischer Zeit bewundern kann.

△ *Wo die Köpfe der Medusen herkommen, weiß heute niemand mehr genau. Dafür ziehen sie täglich Tausende Touristen an*

Gebaut wurde die Yerebatan Zisterne kurz nach der Hagia Sophia im Jahr 565 und ebenfalls im Auftrag von Kaiser Justinian. Während dieser byzantinischen Epoche entstanden allein in den Altstadt-Vierteln mehr als siebzig Zisternen, die meisten von ihnen überdacht, einige auch offen. Um Wasser aus den Quellen der westlich von Istanbul gelegenen Belgrader Wälder hierhin zu transportieren, hatte man schon im 2. Jahrhundert mehrere Kanäle gebaut, aber auch Regenwasser und Schnee wurden aufgefangen. Die Trinkwasserversorgung der Bevölkerung war zu dieser Zeit eine schwierige Herausforderung: Immer wieder machten es kriegerische Auseinandersetzungen, verbunden mit feindlichen Belagerungen, unmöglich, an Quellen außerhalb der Stadt zu gelangen. Dazu kamen während der Sommer monatelange Trockenperioden. In den Zisternen lagerte also Trinkwasser, das mittels Brunnen von den Bewohnern „gezapft" werden konnte. Jedes größere Gebäude besaß seinen eigenen Wasserspeicher, auch unter der Hagia Sophia und unter dem Topkapi Palast, den Häusern der Reichen und Adeligen sowie unter Kirchen konnte man sie finden.

Die Bauweise ist einfach und folgt ganz dem heute wieder modernen Prinzip „form follows function". Wände und Böden mussten in erster Linie ein Durchsickern des Wassers verhindern und seinem Gewicht standhalten. Mit einer speziellen Mischung aus Sand, Kalk und Ziegelstaub erreichte man das für damalige Verhältnisse beste Ergebnis. Dennoch: Wer heute für die hygienische Qualität öffentlicher Gewässer verantwortlich ist, kann natürlich nur entsetzt sein: Ja, die Menschen tranken abgestandenes Wasser aus dem Keller. Aber um das Schlimmste an Verkeimung zu verhindern, wurden die Zisternen leicht belüftet (gegen Schimmel) und das Wasser vor dem Verteilen gefiltert – immerhin.

Die Osmanen, die im 15. Jahrhundert die Stadt eroberten, brauchten die Zisternen nicht mehr. Fast alle wurden geschlossen, manche bewusst zerstört, zugeschüttet und über-

Yerebatan Sarnıcı

Yerebatan Caddesi
Basilica C No: 13
34410 Sultanahmet
Istanbul
Telefon 0090 212 522 1259
E-Mail:
info@yerebatan.com
www.yerebatan.com
Öffnungszeiten: täglich von 9.00 bis 20.00 Uhr, in den Wintermonaten von 9.00 bis 18.00 Uhr
Eintritt ca. 5 Euro

△ *Hier finden tatsächlich manchmal Konzerte statt, allerdings haben kaum mehr als einhundert Zuhörer Platz auf der kleinen Bühne*

baut. Dies ist einer der Gründe dafür, dass, wann immer man heute in Istanbul eine Straße aufreißt, Historisches zum Vorschein kommen kann – es existiert noch eine Stadt unter der Stadt.

Die Yerebatan Zisterne ist eine von vier Zisternen, die heute noch erhalten sind und besichtigt werden können. Eine zweite liegt unter der Hagia Sophia. Warum Dan Brown seinen Helden nicht dorthin schickt, weiß er nur selbst. Vielleicht weil diese hier die schönste ist. Und tatsächlich manchmal Konzerte stattfinden. Ab 1985 wurde sie vollständig gesäubert und saniert und ist seit dem 9. September 1987 für Besucher geöffnet.

Wer nun ganz im Sinne Robert Langdons auf die Suche nach dem „chtonischen Monster" (Seite 600) geht, wird sich nicht verlaufen. Der vorgegebene Rundgang über Holzstege ist ohnehin nur in eine Richtung möglich. Außerdem haben die Istanbuler längst ihre unterirdischen Medusa-Köpfe als I-Tüpfelchen der Zisterne entdeckt, und so sind sie schon am Eingang ausgeschildert.

Insider-Tipp

Der Rundgang durch die Yerebatan Zisterne ist nicht allzu lang, und wer noch ein wenig in der phantastischen Atmosphäre ausharren möchte, findet vor dem Ausgang das Zisternen Café. Dort gibt es ein paar Tische und kühle Getränke. Sie kommen im 21. Jahrhundert nicht mehr aus dem Brunnen, sondern größtenteils aus der Dose. Über die Treppe hinter dem Café flieht übrigens Sienna Brooks im Roman aus der Zisterne, gefolgt von Robert Langdon.

MISIR ÇARŞISI – DER GEWÜRZBASAR

Hat man das Tor zum Gewürzbasar durchschritten, ist man endgültig in einer Art Märchenwelt aus Tausendundeiner Nacht angekommen: Den Duft nach verschiedensten orientalischen Gewürzen kennt der Westeuropäer sonst allenfalls aus Restaurants. Früher nannte man den Basar „Ägyptischer Basar" – vielleicht, weil sein Bau mit Steuergeldern aus Geschäften mit Ägypten finanziert worden war, vielleicht aber auch, weil die meisten Gewürze, die hier verkauft wurden, aus Ägypten hergebracht wurden. Gewürze spielten von jeher eine wichtige Rolle auf den Handelsrouten zwischen Europa und Asien.

Jetzt beginnt eine hübsche Verfolgungsjagd: Robert Langdon hat Sienna in der Zisterne entdeckt. Sie flieht nach draußen und springt in einen Bus, der nach Galata fährt. Doch schon vor der Galatabrücke verlässt sie den Bus wieder und läuft auf den alten Gewürzbasar zu.

Insider-Tipp

Den Bus nach Galata, in dem Sienna vor Robert Langdon flieht, braucht man übrigens nicht zu suchen. Das öffentliche Nahverkehrssystem in der Istanbuler Altstadt wurde in den 90er Jahren auf Straßenbahnen umgestellt. Busse sieht man trotzdem eine Menge, allerdings sind es größtenteils Touristen-Busse, in denen man Stadtrundfahrten machen kann. Das ist übrigens sehr zu empfehlen, vor allem die Asien-Tour über die Bosporusbrücke ist ein echtes Istanbul-Highlight. Diese Tour führt dann auch durch den Stadtteil Galata, der auf der anderen Seite des Goldenen Horns liegt. Sienna Brooks nimmt also offensichtlich an einer Stadtrundfahrt teil.

▽ Der West-Eingang des Gewürzbasars: Hier verlässt Sienna den Basar und läuft auf die Galatabrücke zu

△ *Schauen, Schnuppern, Handeln: der Gewürzmarkt an der Yeni Moschee*

Heute antwortet ein Händler mit hörbarer Empörung in der Stimme „Turkey!“, wenn man fragt, woher der Safran stammt, den er verkauft. Und alle paar Minuten schieben die Händler ihre farbigen Häufchen gemahlener Gewürze wieder akkurat zusammen – schließlich soll alles gepflegt und appetitlich aussehen.

Zum traditionellen Angebot der Händler gehören auch Trockenfrüchte, die klassischen türkischen Süßigkeiten, Nüsse und Pistazien, bunt bemalte Schälchen, Tücher, Kunsthandwerk und orientalische Lampen. Tee kann man kaufen, aber natürlich auch in den bauchigen kleinen Gläschen beim Händler trinken. Ein Bummel über den orientalischen Basar macht Spaß, auch wenn das ein typisches Touristenvergnügen ist und die Händler natürlich darauf eingestellt sind. Allzu gemütliches Schlendern führt aber unweigerlich dazu, dass man sich schneller als man hinschauen kann in einem der Läden bei einem Glas Tee wieder findet, und ein Händler voller Stolz Waren präsentiert, nach denen man nicht ge-

Mısır Çarşısı

Gewürz-Basar
Marpuccular Caddesi No. 7
Eminönü, Istanbul
Öffnungszeiten: täglich von 8.00 bis 19.00 Uhr

fragt hatte. Etwa einhundert Läden bietet die orientalische „Shopping Mall" im Inneren. Im Außenbereich werden frische Waren und Blumen verkauft.

Über all dem orientalischen Handel kann man beinahe die ebenfalls sehenswerte Architektur übersehen. Die wunderschönen Deckengewölbe präsentieren sich, wie könnte es anders sein, in leuchtenden Gewürzfarben.

Insider-Tipp

Die in Deutschland übliche Praxis, erst einmal nach dem Preis zu fragen, bevor man eine Kaufentscheidung trifft, ist hier nicht angebracht. Mit der Preisfrage gilt nämlich der Handel als eröffnet. Danach gibt es kein Zurück mehr, zumindest nicht ohne kulturelle Fettnäpfchen. Also erst Abwarten und Tee trinken. Die Verkäufer präsentieren ihre Ware in der Regel ungefragt. Den Tee gibt es meistens dazu, und er verpflichtet zu nichts. Wenn's dann nicht gefällt, darf man guten Gewissens gehen.

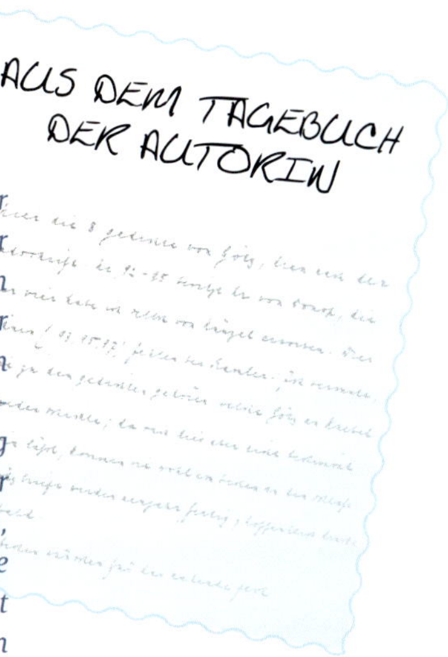

Istanbul, 22. Juni 2013

Zu Hause ist der Safran ausgegangen. Ich befinde mich unmittelbar an der Quelle für Nachschub. Nur eine Sekunde zu lange stehe ich vor einem Laden und schaue auf die kunstvoll aufgeschichteten Haufen gemahlener Gewürze. Schon hält mir eine junge Frau eine Schaufel vor die Nase. Ich frage sie nach Safran, dem echten. „Yes!" sagt sie in einem Ton, als hätte sie gerade ihre erste Million gemacht, lässt die Schaufel fallen und winkt mich mit einer entschlossenen Handbewegung in den Laden. Hinten sitzt ein älterer Herr auf einem Stuhl. Er ist der Chef hier, bekomme ich erklärt, und spricht drei Sprachen: türkisch, türkisch und türkisch. Seine drei Verkäufer sprechen alle anderen. Die junge Frau, sie hat Englisch und Japanisch studiert, und jetzt arbeitet sie eben hier, na ja, sie zuckt mit den Schultern und hantiert mit einem Glas voller Safranfäden, um mir zu beweisen, dass es „die echten" sind: In warmem Wasser lösen sie sich nämlich mitsamt ihres Aromas auf. Mit den Fingerspitzen greift sie eine Probiermenge, die in einem deutschen Supermarkt mindestens fünf Euro wert ist und für einen Topf Risotto Milanese für meine ganze Familie reichen würde und lässt sie in ein Teeglas mit warmem Wasser fallen. Reihum dürfen alle schnuppern, und sie ist sichtlich zufrieden, als ich nicke. Ich frage nicht, was sie mit der kostbaren Probe anstellt, wenn ich weg bin und wie oft am Tag sie das macht, da kommt das nächste Glas: süßer Apfeltee. Ein Klassiker der türkischen Gastfreundschaft. Der Safran ist gekauft, jetzt müssen wir uns nur noch über den Preis einig werden. Auch das ist kein Problem, Safran ist hier schon im ersten Anlauf günstig.

Jetzt habe ich eigentlich, was ich wollte, aber meine Verkäuferin kommt erst richtig in Fahrt. Ich bekomme Pistazien zu kosten, sie sind in Milch und Honig geröstet, hmm. Oder lieber natur, oder mit Salz, oder doch lieber Mandeln? ... sehr, sehr lecker! Lokum, die traditionelle würfelförmig geschnittene Süßigkeit, von der niemand jemals erfahren wird, was außer Zucker noch alles darin verkocht wurde ... sehr süß und sehr lecker. Die getrockneten Feigen sind köstlich, die Aprikosen ebenso. Irgendwann, ich weiß nicht, wie viel Zeit vergangen ist und wie viel Tee ich getrunken habe, bin ich satt. Mit einer ziemlich großen Tüte in der Hand finde ich mich draußen wieder, nicht ohne einen festen Händedruck meiner neuen Freundin. Auch ihre Visitenkarte gibt es dazu, denn selbstverständlich schickt sie alles, was sie verkauft, nach Deutschland. Seltsamerweise habe ich trotz der prall gefüllten Tüte das Gefühl, wenig ausgegeben zu haben. Ein Geschäft ist dann gut, wenn beide Partner am Ende zufrieden sind - lautet nicht so eine alte Verkäufer-Regel? Einkaufen macht Spaß in diesem Land.

Galata Köprüsü - Die Galatabrücke

Sienna flüchtet aus dem Gewürzmarkt und läuft auf die Galatabrücke zu. Sie überquert eine stark befahrene Straße, springt am Ufer auf ein Motorboot und verschwindet.

Zunächst einmal: Diesen Weg von Sienna Brooks und Robert Langdon sollte man auf keinen Fall wiederholen! Zwischen dem Platz vor der Yeni Moschee (auch Neue Moschee genannt) und dem Ufer des Goldenen Horns liegt eine sehr verkehrsreiche Schnellstraße. Wer sie überqueren will, nimmt brav den

kleinen Umweg über die nächste Fußgängerampel in Kauf. Alles andere ist lebensgefährlich und nur für Romane und Filme geeignet.

Am Ufer angekommen, hat man sicher einen der spannendsten Orte Istanbuls erreicht: Zwischen die Linienschiffe, Ausflugsdampfer, die osmanisch dekorierten Schiffe mit ihren vergoldeten Kuppeln und die wenigen privaten Boote, die sich am Ufer aneinanderreihen, passt nicht mal eine

△ *Die Galatabrücke von der Neuen Moschee aus gesehen. Im Hintergrund ist der Galataturm zu sehen*

Handbreit. Jedes von ihnen spuckt Menschenmassen aus, die sich über den Platz, am Ufer entlang oder auf und unter der Galatabrücke verteilen. Dazu kommt der Verkehrslärm der Straßenbahnen und der Fahrzeuge auf der Schnellstraße. Glücklich ist, wer es schafft, in diesem typischen Istanbuler Trubel ein Plätzchen zum Einfach-nur-mal-Gucken zu ergattern: Das Brückengeländer haben die einheimischen Angler für sich gepachtet. Den lieben langen Tag versuchen sie, Lebendiges und Essbares aus dem Gewässer zu holen, während ihre Familien neben ihnen die Picknickdecken ausbreiten. Am gegenüber liegenden Ufer ist der Stadtteil Galata mit dem Galataturm zu sehen. Nach Westen beginnt das Goldene Horn, nach Osten der Bosporus, und bei guter Sicht kann man bis zur Bosporus-Brücke schauen, die Europa mit Asien verbindet.

Zu beiden Seiten des Wassers erheben sich die europäischen Stadtteile Istanbuls, und man kann von hier aus gut erkennen, wie hügelig die Stadt ist. Die Istanbuler haben sich diese geographischen Gegebenheiten zunutze gemacht und geschätzt auf jedem zweiten Haus eine Dachterrasse errichtet. Dazwischen erheben sich die Kuppeln und Minarette der über dreitausend (!) Moscheen der Stadt.

Die heutige Galatabrücke stammt aus dem Jahr 1992. Sie ersetzte mehrere vorherige Brückenbauten. Architektonisch ist sie nicht unbedingt ein Schmuckstück, aber dennoch einen Abstecher wert, nicht nur wegen der wunderbaren Aussicht in alle Richtungen. Etwa auf der Mitte der Galatabrücke gibt es eine Treppe nach unten. Unter der Brücke reiht sich ein Restaurant an das nächste, und wer zur richtigen Zeit kommt, genießt zu Raki und frischem Fisch Abendstimmung am Bosporus – besser kann man einen Istanbul-Tag wohl nicht beschließen.

▷ *Von der Galatabrücke aus kann man fast alles betrachten, was typisch ist für Istanbul: hügelig ansteigende Stadtteile am Bosporus, Dachterrassen, die Kuppeln und Minarette der Moscheen, Wasser, orientalische Schiffe, Fischer mit ihren Familien und unglaublich viele Menschen*

ARUNA
CAFE
NARGILE

AUF EIGENE FAUST:
ZU FUSS VOM HOTEL FOUR SEASONS SULTANAHMET ZUR GALATABRÜCKE

Wir beginnen unsere Tour auf den Spuren von Robert Langdon und Sienna Brooks auf einer der spektakulärsten Dachterrassen des Stadtteils Sultanahmet. Dazu muss man wissen: Sehr viele Hausbesitzer haben ihrem Dach eine Terrasse aufgesetzt und nutzen sie privat oder für Cafés und Restaurants. Istanbul aus dieser Perspektive zu entdecken, ist sehr schön. Die Behörden scheinen mit Genehmigungen großzügig zu sein. Auf die teilweise kreativ anmutenden Geländerkonstruktionen sollte man mit deutschen Augen jedenfalls nicht so genau schauen. Die Dachterrasse des **HOTELS FOUR SEASONS SULTANAHMET** ist definitiv vernünftig gesichert und bietet einen traumhaften Blick über die Altstadt: Zur einen Seite liegen in beeindruckender Nähe die **HAGIA SOPHIA** und die **BLAUE MOSCHEE** nebeneinander, auf der andern Seite möchte man stundenlang aufs Wasser schauen: Hinter dem Bosporus erhebt sich der andere europäische Teil Istanbuls. Sich auf einem der orientalischen Sofas, die auf dieser wunderschönen Terrasse stehen, Zeit zu nehmen, ist kein Problem: Die freundlichen Kellner verwöhnen Besucher mit Getränken von Mokka bis Cocktail

und reichen Nüsse und Oliven dazu. Und wer bleibt, bis die Sonne untergeht, wird noch mit silbrig beleuchteten Minaretten belohnt.

Das Hotel ist in einem 1918 erbauten ehemaligen Gefängnis zu Hause. Erkennen kann man das heute höchstens noch an der rechteckigen Bauweise mit dem großen geschlossenen Innenhof. Dort liegt das Restaurant, darum herum wachsen bunte Blumen und Kräuter für die Küche. Nach einem langen Ausflugstag ist dies ein schöner Ort, um bei einem türkischen Mokka oder Cay die Ruhe mitten in der Stadt zu genießen.

Fast dreihundertfünfzig Fenster verteilen sich auf das Gebäude, und diese Zahl mag dem heutigen Besucher verdeutlichen, wie viele Zellen hier einst untergebracht waren. Für die fünfundsechzig großzügig geschnittenen und im osmanischen Stil eingerichteten Zimmer und Suiten des 1996 eröffneten Hotels mussten jeweils mehrere Zellen zusammen gelegt werden. So erhielten die Räume großzügige Maße, und fast jedes Zimmer besitzt mehrere Fenster. Von vielen kann man die Blaue Moschee oder die Hagia Sophia sehen.

Wir verlassen das Hotel an seinem Hauptausgang und wenden uns nach rechts. Wir gehen ein paar Meter die Straße hinauf, dann geht es einmal rechts in die

Hotel Four Seasons Sultanahmet

Tevkifhane Sokak No. 1
34110 Sultanahmet-Eminönü
Istanbul
Telefon 0090 212 402 30 00
Fax 0090 212 402 30 10
E-Mail reservations.istanbul@fourseasons.com
www.fourseasons.com/IstanbulSultanahmet
Zimmerpreise ab ca. € 520,00

KABASAKAL CADDESI und nach wenigen Metern wieder links um die Ecke, und schon haben wir das historische Zentrum der Altstadt erreicht. Wer auf dem Weg dorthin an der linken Straßenseite ein kleines Schild mit der Aufschrift „**HIDDEN CAFÉ**" entdeckt, sollte dem ruhig folgen: Hier gelangt man in den tatsächlich etwas versteckten Innenhof des **HOTELS YESIL EV**, wo schon François Mitterand übernachtet hat. Zwischen den Bäumen und Brunnen des von außen zugänglichen Gartencafés lässt sich wunderbar entspannen, wenn man das denn jetzt schon braucht. Die kleine Karte ist eher international, das Kuchenbuffet aber konsequent türkisch.

Yesil Ev

Kabasakal Caddesi No. 5
34112 Fatih-Sultanahmet
Istanbul
Telefon 0090 212 517 67 85
E-Mail info@yesilev.com.tr
www.yesilev.com.tr

Überhaupt ist Istanbul reich an Gastronomie, und wann immer einen der kleine Hunger trifft, kann man sicher sein, innerhalb weniger Minuten Hilfe zu finden.

Hinter dem „Hidden Café Yesil Ev" sind es nur noch wenige Schritte bis zur **HAGIA SOPHIA**. Man folgt einfach den Menschen unten oder den Türmen oben bis in den **SULTANAHMET PARK**. Wer die Hagia Sophia noch nicht besucht hat, holt das vielleicht jetzt nach. Auf jeden Fall sollte man aber der **BLAUEN MOSCHEE**, die der Hagia Sophia gegenüber liegt, einen Besuch abstatten. Interessant ist der direkte Vergleich:

Während die Hagia Sophia im Innenraum deutliche Zeichen christlicher Kirchenkunst zeigt, ist die Blaue Moschee eindeutig osmanisch geprägt: Ihr gewaltiger Innenraum ist über und über mit bunten Kacheln in Blau, Rot und Weiß bedeckt, und sie macht beinahe einen fröhlichen Eindruck. Früher, als sie noch Fenster aus blau eingefärbtem Glas besaß, muss der Blauschimmer noch stärker gewesen sein. So erhielt sie den Beinamen „Blaue Moschee". Die Einheimischen nennen sie allerdings nicht so, sondern halten sich respektvoll

Insider-Tipp

Nach der muslimischen Religion wird mehrmals am Tag gebetet, und das tun Gläubige auch hier in der Blauen Moschee. Parallel dazu wollen täglich viele Touristen die Moschee besichtigen. Die Verantwortlichen geben sich alle Mühe, beides zeitgleich zu ermöglichen. Das geht nur mit Respekt. Neben dem üblichen angemessenen Verhalten gehört dazu vor allem die richtige Kleidung: Arme und Beine müssen vollständig bekleidet sein, bei Frauen auch der Kopf. Wer die nötige Ausstattung nicht mitbringt, kann sich am Besuchereingang der Moschee einkleiden lassen.

Sultanahmet Moschee

Torun Sk No. 19
34400 Istanbul
Telefon 0090 212 458 4983
Öffnungszeiten: täglich von 9.00 bis 18.00 Uhr
Eintritt frei

an den offiziellen Namen „**SULTANAHMET CAMII – SULTAN AHMET MOSCHEE**". Sultan Ahmet I. gab im Jahr 1609 den Auftrag, eine Moschee zu errichten, die größer und schöner werden sollte als die Hagia Sophia. Das Ziel der Größe wurde nicht ganz erreicht: Die Blaue Moschee ist „nur" etwa dreiundvierzig Meter hoch, und ihre Kuppel misst rund zweiundzwanzig Meter im Durchmesser. Über die Schönheit kann man sicher streiten – bei zwei so unterschiedlichen Stilrichtungen entscheidet letztlich wohl der Geschmack. Ein Denkmal hat sich der Sultan aber sicher gesetzt: „Seine" Moschee ist die einzige außerhalb Mekkas mit sechs Minaretten. Der Legende nach hatte der Sultan vom Architekten vergoldete Minarette gefordert. Da der Baumeister Mehmet Aġa wusste, dass dies sein Budget überschreiten würde, soll er sich absichtlich verhört haben. Die Wörter für „Gold" und die Zahl „Sechs" klingen im Türkischen fast identisch, und so baute der Architekt einfach sechs Minarette, diese aber wie üblich aus Stein. Der Sultan soll trotzdem zufrieden gewesen sein.

Nach sieben Jahren Bauzeit konnte die Moschee eröffnet werden. Ihr Stifter überlebte die Fertigstellung nur knapp. Sultan Ahmet I. starb kurz darauf im Alter von siebenundzwanzig Jahren.

Nach dem Besuch der **BLAUEN MOSCHEE** gehen wir wieder durch den **SULTANAHMET PARK** in Richtung der **HAGIA SOPHIA**. Auf der linken Seite starten die Doppeldeckerbusse zu ihren **STADTRUNDFAHRTEN**. Hier ein Ticket zu ergattern ist nicht schwer, meist kommen die Fahrscheine in der Hand ihrer türkischen Verkäufer von selbst angeflogen. Die Touren sind nicht sehr teuer (um € 20 pro Person für eine bis zwei Stunden) und sehr zu empfehlen.

Jetzt gehen wir aber erst einmal zu Fuß weiter und überqueren am Hippodrom (Atmeydanı Caddesi) neben der Hagia Sophia die Straßenbahnschienen an der Fußgängerampel. Hier ist noch ein alter Brunnen zu sehen, aus dem die Einwohner vor rund eintausendfünfhundert Jahren Wasser geschöpft haben.

Um von hier in die **YEREBATAN ZISTERNE** zu gelangen, folgt man einfach der Straße (Yerebatan Caddesi). Nach der Besichtigung geht man einmal um den Häuserblock herum (der Ausgang liegt in einer Seitenstraße) und kehrt an den Brunnen am Hippodrom zurück. Von hier aus folgen wir nun einfach den Straßenbahnschienen in nördlicher Richtung bergab. Der Weg hinunter in den Stadtteil Eminönü am Bosporus-Ufer ist ein schöner Spaziergang, und zu beiden Seiten der Straße liegen kleine Geschäfte und Restaurants.

Eine Pause bietet sich an der belebten Kreuzung **HAMIDIYE CADDESI – ANKARA CADDESI** an: Der Straßenbahn-

haltestelle gegenüber liegt linker Hand das **HAFIZ MUSTAFA CAFÉ.** Es ist leicht daran zu erkennen, dass in der ersten Etage alle Fenster geöffnet sind – kein Wunder, hat man doch von hier aus einen ersten tollen Blick auf das Bosporus-Ufer. Abgesehen von der Aussicht punktet das seit 1864 alteingesessene Café mit sehenswerter osmanischer Fliesen-Architektur und hausgemachten Kuchen und Törtchen. Spezialitäten sind Baklava und Puddings in vielen Varianten.

Nach einem Teller Baklava aus der eigenen Backstube und einem Cay-Tee verlassen wir auch die Spur der Straßenbahnschienen. Die Bahn fährt jetzt auf dem kürzesten Weg zum Ufer hinunter. Wir biegen nach links ab und folgen der Hamidiye Caddesi weiter. Nach einem kurzen Spaziergang durch eine, wie könnte es anders sein, belebte Geschäftsstraße, erreichen wir den Seiteneingang der **YENI MOSCHEE**, auch **NEUE MOSCHEE** genannt. Rechts werden erst einmal die Füße gewaschen, dann kann man über die breite Treppe den Innenhof der Moschee betreten. Auch hier gilt: Die Moschee gehört in erster Linie den Gläubigen und dann erst den Touristen. In diesem Fall gehört sie aber auch den Tauben

Hafiz Mustafa Café

Hamidiye Caddesi No. 84
Bahçekapı Eminönü 34080
□stanbul
Telefon 0090 212 513 3610
www.hafizmustafa.com

Insider-Tipp

Fahrscheine für die Straßenbahn kann man an jeder Haltestelle aus dem Automaten ziehen. Ein Ticket für eine einfache Fahrt kostet ca. 1 Euro.

von Istanbul, denn die fühlen sich auf dem großen Vorplatz äußerst wohl.

Links am großen Platz (**TAHMIS CADDESI**) vor der Moschee finden wir den Eingang zum **GEWÜRZMARKT.** Man kann ihn schon vorher erkennen, denn an zahlreichen Ständen draußen gibt es Blumen und frische Waren.

Vom Platz vor der **YENI MOSCHEE** ist es nur noch ein Katzensprung bis zum Ufer des **GOLDENEN HORNS** und zur **GALATABRÜCKE**, die man von hier aus schon sehen kann. Ein kleines Hindernis liegt allerdings noch auf dem Weg: die aus dem Roman bekannte Schnellstraße. Man folgt also am besten einfach dem Strom der Menschen und geht um die Moschee herum bis zur Ampel, wo man (relativ) gefahrlos die Uferpromenade erreichen kann. Hier muss man sich dann entscheiden: Entweder steigt man in die Straßenbahn Richtung Sultanahmet und fährt drei Haltestellen wieder zurück zum **SULTANAHMET PARK**, oder man genießt noch ein wenig den Trubel am Wasser. Einmal über die Galatabrücke zu gehen und zurück, das ist Istanbul pur und gehört zu einem Besuch unbedingt dazu. Außerdem hat man hier den schönsten Blick auf die Yeni Moschee.

REISE-INFORMATIONEN

Nach Florenz kommen

Wenn man nicht sowieso mit dem Auto in Italien unterwegs ist, bietet es sich an, mit dem Flugzeug oder der Bahn anzureisen, denn den Pkw kann man in der Altstadt von Florenz nicht gebrauchen. Jegliche Fahrzeuge und Mietwagen müssen leider draußen bleiben.

Anreise mit dem Flugzeug

Florenz besitzt einen eigenen Flughafen, den Aeroporto Amerigo Vespucci. Er liegt nur sechs Kilometer von der Innenstadt entfernt im Vorort Peretola und ist mit öffentlichen Verkehrsmitteln sehr gut angebunden. Leider fliegen nur wenige Airlines den kleinen toskanischen Flughafen an, von Deutschland unter anderem:

Deutsche Lufthansa, www.lufthansa.com
Air Berlin, www.airberlin.com
Alitalia, www.alitalia.com
Flughafen-Infos: www.airport.florence.it

Einmal gelandet, findet man vor der Ankunftshalle die Shuttle-Busse der italienischen Gesellschaften SITA und Ataf. Ataf fährt von 6.00 bis 20.00 Uhr zu jeder vollen und halben Stunde in die Innenstadt (bei besonderen Anlässen auch bis 23.00 Uhr) zum Hauptbahnhof (Stazione Centrale di Santa Maria Novella). Tickets sind im Bus erhältlich und kosten ca. 5 Euro für die einfache Fahrt. (www.sita-on-line.it). In der Stadt kann man die Tickets in Tabakläden kaufen oder am Hauptbahnhof aus dem Automaten ziehen. Die Fahrt dauert etwa 20 Minuten.

Auch das Taxifahren ist nicht allzu teuer, mit etwa 20 bis 25 Euro sollte man rechnen, und wie fast überall auf der Welt ist es klug, den Fahrer vor der Fahrt nach dem Preis und eventuellen Zuschlägen (für Gepäck, Nachtfahrten oder ähnliches – italienische Taxifahrer sind da durchaus kreativ) zu fragen.

Wer von seinem Heimatflughafen nach Florenz keine gute Verbindung bekommt, kann nach Pisa fliegen. Der Aeroporto Galileo Galilei von Pisa ist der größte internationale Flughafen der Region. Flüge dorthin sind unter Umständen deutlich günstiger als nach Florenz direkt.

Flughafen-Infos: www.pisa-airport.com

Der Airport Galileo Galilei hat außerhalb der Ankunftshalle einen eigenen Bahnhof. Von dort kann man sehr günstig zum Florentiner Hauptbahnhof (Stazione Centrale di Santa Maria Novella) fahren. Das Ticket für die einfache Fahrt kostet ca. 6 Euro und kann an der Touristeninformation in der Ankunftshalle erworben werden (Info: www.trenitalia.it). Die 80 Kilometer lange Fahrt nach Florenz dauert etwa 1,5 Stunden; Züge fahren täglich von 6.30 bis 22.30 Uhr.

Anreise mit der Bahn

Auch wer mit dem Zug nach Florenz reist, erreicht die Stazione Centrale di Santa Maria Novella. Dort kommen mehrmals täglich Züge aus dem Norden an, die die Strecke Brenner-Bologna-Florenz fahren. Der Hauptbahnhof von Florenz wird von zahlreichen europäischen Städten angefahren. Infos zu Preisen und Verbindungen unter www.trenitalia.it.

Anreise mit dem Auto

Aus dem Norden erreicht man Italien über Österreich oder die Schweiz. In beiden Ländern, ebenso wie in Italien, ist die Benutzung der Autobahnen gebührenpflichtig. In den Alpenländern muss man dafür eine Vignette erwerben, in Italien werden die gefahrenen Autobahnabschnitte berechnet, und man bezahlt am besten bar an den Mautstationen, auch Kreditkarten werden akzeptiert. Wer längere Strecken auf italienischen Autobahnen zurück legt, für den lohnt sich die Anschaffung einer Viacard (erhältlich für 25, 50 oder 75 Euro) bei Automobilclubs oder in Raststätten.

In der Innenstadt von Florenz lautet das Zauberwort: ZTL (Zona di Traffico Limitatio), kurz: verkehrberuhigte Zone. Die historische Altstadt von Florenz ist für den Autoverkehr gesperrt. Wer ein Zimmer in einem Hotel reserviert hat, darf theoretisch zum Be- und Entladen vorfahren, findet aber meist keinen Platz, um das Auto abzustellen. Deshalb ist es klug, das Auto lieber gleich vor den Toren der Stadt abzustellen.

In der Innenstadt gibt es Parkhäuser (Gebühr um ca. 3 Euro pro Stunde), größere Parkplätze liegen außerhalb der Innenstadt, z.B. der Großparkplatz Fortezza da Basso hinter dem Hauptbahnhof. Infos unter www.firenzeparcheggi.it. Es lohnt sich auch, im Hotel nach Parkmöglichkeiten zu fragen.

Tipp für Thriller-Touristen: die Florenz Card

Thriller-Touristen, die auf den Spuren von Robert Langdon unterwegs sind, werden sich sicher in mehreren Kirchen und Palästen einmal genau umsehen wollen. In diesem Fall lohnt sich die Anschaffung der Florenz Card. Damit hat man je einmal freien Einritt in 60 Museen, Paläste sowie einige Gärten von Florenz und braucht außerdem nirgendwo in der Schlange anzustehen. Unter den teilnehmenden Museen sind der Palazzo Vecchio, die Uffizien, das Baptisterium, die Casa di Dante, die Kirche Santa Croce (Dantes Grab) sowie der Boboli Garten. Die Florenz Card kostet ca. 55 Euro und ist ab der ersten Entwertung 72 Stunden lang gültig. Pro Karte darf eine Person unter 18 Jahren kostenfrei mitgenommen werden. Außerdem darf man einige der öffentlichen Verkehrsmittel von Florenz kostenlos benutzen (z.B. die Ataf-Busse und Straßenbahnen). Dazu gibt es einen Stadtplan von Florenz. Die Karte kann man in allen teilnehmenden Museen und vielen Hotels vor Ort kaufen oder online bestellen unter www.firenzecard.it.

Persönliche Tipps

Bedenken sollte man bei einer Reise nach Florenz folgendes: Erstens betritt man die Stadt, die sich selbst für die Modemetropole Italiens hält. Seit dem Mittelalter haben Tuchmacher, Woll- und Seidenfabrikanten hier ihren Sitz, und diese Tradition hat man in Florenz niemals vergessen. Also sollte man vor dem abendlichen Restaurantbesuch Turnschuhe und Birkenstockschlappen gegen angemessenes Schuhwerk tauschen. (Was das ist, kann man an jeder Ecke beobachten. Nur so viel: Mit dem Straßenpflaster ist es häufig nicht kompatibel. Trotzdem schwebt die Italienerin irgendwie elegant darüber hinweg.) Ebenfalls ein „No Go" sind kurze Hosen bei allen, die das Schulalter hinter sich haben.

Zweitens befindet man sich in Florenz in der zweiten katholischen Hochburg nach dem Vatikan. 99 Prozent der Florentiner sind katholisch. Touristen in Shorts und ärmellosem Top werden sich auch im heißesten Sommer die meisten Kirchen nur von außen anschauen dürfen.

Nach Venedig kommen

Ist man nicht gerade auf einem Kreuzfahrtschiff unterwegs, kann man Venedig mit dem Auto, der Bahn oder dem Flugzeug erreichen. Die Anfahrt mit der Bahn zur Stazione di Santa Lucia ist im Text beschrieben worden.

Anreise mit dem Auto

Wer mit dem Wagen in Venedig ankommt, muss ihn „am Eingang" abgeben. Venedig hat dafür eine eigene Insel, Tronchetto, die Parkplatz-Insel. Sie liegt in der Nähe der Piazzale Roma, und man folgt einfach der Beschilderung, stellt das Auto dort ab und kann dann zu Fuß bzw. per Boot weiter in die Stadt kommen. Das Parken auf der Insel kostet pro Tag ca. 21 Euro.
Auch an der Piazzale Roma stehen mehrere Parkhäuser zur Verfügung. Die Tageskarte kostet ca. 30 Euro, den Autoschlüssel muss man in der Regel abgeben. Sowohl von der Piazzale Roma als auch von der Insel Tronchetto hat man direkten Anschluss an die Linienboote.

Anreise mit dem Flugzeug

Der Flughafen Marco Polo Airport liegt etwa 13 Kilometer nördlich der Stadt in Tessara auf dem Festland. Er wird von folgenden Airlines angeflogen:

Lufthansa, www.lufthansa.com
Germanwings, www.germanwings.com
Air Berlin, www.airberlin.com

Am einfachsten und teuersten fährt man vom Flughafen mit dem Wassertaxi bis zum gebuchten Hotel. Unter www.motoscafivenezia.it kann man die Fahrt vorbuchen. Mit rund 100 Euro muss man rechnen. Statt dessen kann man auch ein Linienboot nehmen: Die „AliLaguna" fährt vom Flughafen über Murano und Lido nach San Marco und zum Zattere. Die Fahrt kostet ca. € 12 dauert etwa anderthalb Stunden.
Etwas schneller und auch preiswerter ist es, vor dem Flughafengebäude in den Bus zu steigen, der zur Piazzale Roma fährt. Die Fahrt kostet ca. 3 Euro. An der Piazzale Roma steigt man dann um in ein Vaporetto. Das Vaporetto Linie 1 fährt ab Piazzale Roma durch den ganzen Canal Grande. (Ein Tipp: Wer sich in Venedig eine Mehrtageskarte für die Vaporetti kauft, kann die Busfahrt zum Flughafen für die Rückreise dort gleich mit einschließen lassen.)

Nach Istanbul kommen

Anreise mit dem Flugzeug

Für die meisten Besucher wird es sinnvoll sein, Istanbul anzufliegen. Dafür stehen vor Ort zwei Flughäfen zur Verfügung: Der im Buch beschriebene Atatürk Havalimanı (Internationaler Flughafen Atatürk, www.ataturk-airport.com) liegt etwa zwanzig Kilometer westlich der Altstadt im europäischen Teil Istanbuls. Er ist der Heimatflughafen von Turkish Airlines (www.turkishairlines.com). Außer Turkish Airlines fliegen andere europäische Linien wie z.B. Lufthansa dorthin. Im Flughafengebäude findet man nicht nur Geldautomaten und Wechselstuben (in der Türkei wird mit der Türkischen Lira bezahlt, (1 Euro = ca. 2,50 TL, Stand: Sommer 2013), sondern auch die zentrale Touristeninformation: Touristen Information, Atatürk Airport, Telefon 0090 212 465 3548. Internet: www.istanbul-infos.de.

Vom Flughafen in die Altstadt

Im Flughafengebäude folgt man der Beschilderung zur Metro. Sie fährt zwischen 6.00 Uhr und 24.00 Uhr nach Zeytinburnu, dort steigt man um in die Straßenbahnlinie T 1 nach Sultanahmet. Alles in allem dauert das etwa eine Dreiviertelstunde. Etwas schneller ist man mit dem Taxi in der Stadt. Den Preis sollte man unbedingt vorher vereinbaren, er kann sonst je nach Tagesform des Fahrers zwischen 30 und 50 TL variieren, sollte also nicht viel mehr als ca. 20 Euro kosten. Im asiatischen Teil der Stadt, etwa 50 Kilometer von der Altstadt entfernt, liegt der Sabiha Gökçen Havalimanı. Er wird von zahlreichen Günstig-Airlines, unter anderem Air Berlin (www.airberlin.com) bevorzugt. Die Fahrt in die Altstadt mit öffentlichen Verkehrsmitteln ist von hier etwas umständlich, auf jeden Fall mit mindestens zweimaligem Umsteigen verbunden. Am besten nimmt man ein Taxi (um 40 bis 50 Euro). Außerdem bieten viele Hotels einen Shuttle-Service an, es lohnt sich also, vor der Anreise danach zu fragen. Wichtig: An den türkischen Flughäfen sind die Sicherheitskontrollen sehr streng. Am Atatürk Airport wird schon gleich nach dem Betreten der Abflughalle das Gepäck ein erstes Mal durchleuchtet. Das alles nimmt Zeit in Anspruch, man sollte also mindestens zwei Stunden vor dem Abflug dort sein.

Und noch ein Hinweis

Auch wenn die Stadt Istanbul in vielen Stadtteilen sehr westlich geprägt erscheint: Die Türkei ist ein muslimisches Land, und der Glaube wird hier sehr ernst genommen. Besonders beim Betreten der Gebetsstätten sollte man ein paar Grundregeln des Respekts einhalten, und das betrifft neben dem Verhalten besonders die Kleidung. Für West- und Nordeuropäer sind lange Hosen und lange Ärmel bei Außentemperaturen von 30 Grad und mehr zwar unüblich, rund um die türkischen Gebetsstätten macht man sich aber in Shorts und Sonnentops äußerst unbeliebt. Nun sind die Türken im Herzen gastfreundlich, und deshalb gibt es an den großen, bekannten Moscheen die Möglichkeit, sich Tücher auszuleihen, damit jeder, der das möchte, eine Moschee betreten kann. Dennoch: Angemessene Kleidung sollte eine Grundregel sein in dieser Stadt, und für Frauen schadet es nicht, ein Tuch in der Tasche zu haben, das man bei Gelegenheit über den Kopf ziehen kann. Die allgemeinen Gebetszeiten werden durch den Ruf des Muezzins mehrmals täglich für alle hörbar angekündigt. Viele Türken beten aber außerhalb dieser Zeiten, so dass auch große Moscheen den ganzen Tag über von Gläubigen frequentiert werden. Auch mit Fotografieren sollte man sich dann zurück halten.

Literaturempfehlungen

Alle, die es nun endgültig als kulturelles Versäumnis betrachten, Dantes *Göttliche Komödie* noch nicht gelesen zu haben, können das nachholen. Dantes Werk ist urheberrechtlich nicht mehr geschützt, deshalb kursieren in den e-book-Shops diverse elektronische Variationen, teilweise sogar kostenlos, allerdings in verschiedenen Übersetzungen von sicher unterschiedlicher Qualität. Eine sehr schöne Buchausgabe, erstellt von zwei Romanisten, hat der Marixverlag herausgebracht:
Dante, Die göttliche Komödie, gebunden mit Schutzumschlag, herausgegeben von Till R. Kuhnle, übersetzt von Karl Bartsch, mit Illustrationen von Sandro Botticelli. Marixverlag, 2010, € 25,00

Wer sich detaillierter mit der Geschichte von Florenz und ihrer berühmten Familie befassen möchte, dem sei dieses Buch empfohlen:
Lauro Martines, Die Verschwörung. Aufstieg und Fall der Medici im Florenz der Renaissance, Primus Verlag, 2003, € 14,90

Signore Ettore Vio, der Kurator von San Marco in Venedig, hat tatsächlich, wie Robert Langdon im Roman behauptet, ein wunderbares Buch über seine Kirche herausgegeben. Es ist in deutscher Übersetzung bei Scala erschienen, zurzeit aber vergriffen (**Ettore Vio, Die Markuskirche in Venedig**, Scala, 1999, Broschur, € 9,95). Das letzte bezahlbare Antiquariats-Exemplar hat offensichtlich die Autorin dieses Reiseführers ergattert. Sicher werden aber immer mal wieder gebrauchte Exemplare angeboten.

Vieles über San Marco und vor allem viele andere sehenswerte Stadtteile von Venedig präsentiert Katahrina Holtmann in ihrem Reiseführer zu den Schauplätzen der Commissario-Brunetti-Romane. Hier lernt man Venedig wirklich gründlich kennen.
Katharina Holtmann, Auf den Spuren von Donna Leons Romanen. Krimi-Schauplätze in Venedig, books&friends, 2006. Ab Herbst 2013 ist das Buch in aktualisierter Neuauflage für € 19,99 wieder erhältlich.

Dankeschön

Innerhalb von zwei Monaten nach dem Erscheinen von Dan Browns *Inferno* ein Buch *über Inferno* herauszubringen, war eine ziemliche Herausforderung. Es funktionierte nur in Teamarbeit, und mehrere, aufeinander folgende Schritte mussten in einer Art „kreativer Fließbandarbeit“ ablaufen. Deshalb hat es mich sehr gefreut, dass ich überall, wo ich Fragen gestellt und mir schnelle Antworten gewünscht habe, mit offenen Armen empfangen wurde.

Die Arbeit an diesem Buch hat mir großen Spaß gemacht. Nicht nur, dass ich mich noch einmal in ein literarisches Thema meines Studiums vertiefen durfte. Die Recherche war auch mit Reisen an wunderschöne Orte verbunden, die ich zum Teil gut kannte, zum Teil neu entdeckt habe. Deshalb bedanke ich mich zuallererst bei Dan Brown, der diese spannende Mischung aus mittelalterlicher Literatur und tollen Reisezielen erfunden hat. Danke auch an den deutschen Verlag Lübbe und an den italienischen Verlag Mondadori für die Unterstützung mit Bildmaterial.

Ein sehr herzliches Dankeschön an alle, die mich rund um meine Reisen nach Florenz, Venedig und Istanbul unterstützt und zum Teil begleitet haben: an Monaci Giaele für ihre unterhaltsame Führung durch den Palazzo Vecchio, an Serena Pini und Maria Francesca Granelli von der Comune di Firenze, an Eleonora Guerranti und Adele Trassinelli vom Museum Casa di Dante, an Claudio Catani, Maria Luisa Coppola, Fabiola Menchetti, an Valentino Bertolini, Judith Otto, Anna Maria und Reynaldo sowie an Renzo Masini. Ein herzliches Dankeschön geht an Cyndy Cruikshank und Eva Reidt vom Hotel Danieli, an Chiara Vian von der Procuratoria di San Marco in Venedig und an Gözde Sahin und Denise Pietruschka von der Türkischen Botschaft in Berlin für ihre spontane und unkomplizierte Unterstützung meines Istanbul-Besuches sowie an Dogan Öclan und Sibel Benli, die mir ihre wunderbare Stadt näher gebracht haben. Thank you all! It was a great pleasure to work with you.

Danke an Katharina Holtmann, die nicht nur deutsche Texte lektorieren kann, sondern auch italienische und Venedig besser kennt als mancher Venezianer sowie an Peter Liffers und Manfred Kaczerowski für die gelungene Optik dieses Buches.

Meine Familie hat mich zwei Monate lang hauptsächlich auf dem Weg ins Büro gesehen. Danke an N&H für Eure Geduld und Riesen-Danke an Volker für alles, was Du für und rund um unser Projekt geleistet hast.

Die Autorin

Helena Julian ist Journalistin und Autorin. Schon während ihres Studiums der Germanistik und Romanistik hatte sie sich mit den Anfängen der Literatur im Mittelalter beschäftigt. Auch Florenz und Venedig kannte sie bereits vor der Lektüre von *Inferno* gut, trotzdem hat sie alle drei Städte für diesen Reiseführer mit großem Vergnügen noch einmal neu entdeckt. Sie lebt mit ihrer Familie im Ruhrgebiet.

Nachweis der Zitate

Alle nicht näher gekennzeichneten Zitate in diesem Buch stammen
aus der deutschen Ausgabe von: Dan Brown, Inferno, Lübbe Verlag, Mai 2013

Abbildungsnachweis

Coverfoto und Umschlag-Rückseite: Helena Julian
Lübbe Verlag, Bergisch-Gladbach: S. 7, 12, 15
Manfred Kaczerowski: S. 8/9, 69, 85, 89, 90, 106, 125 u., 129, 133 u., 136, 137, 138, 139 (2), 145, 146, 151 u., 152/153
Simone Comi (© Arnoldo Mondadori Editore SpA, Milano): S. 11
Museo Casa di Dante, Firenze: S. 17, 32/33
Comune di Firenze, Direzione Cultura, Turismo e Sport: S. 73, 75
Grand Hotel Baglioni, Firenze: S. 94
Hotel Brunelleschi, Firenze: S. 95, 96 (2)
Hotel St. Regis, Firenze: S.101 u.
Hotel Danieli, Venezia: S. 122, 123, 153 o.
Eva Reidt, Venezia: S. 143
Hotel Four Seasons at Sultanahmet, Istanbul: S. 182 u., 183
Alle weiteren Fotos: Helena Julian

Impressum

Helena Julian
Auf den Spuren von Dan Browns „Inferno".
Thriller-Schauplätze in Florenz, Venedig & Istanbul

Text: Helena Julian
Lektorat: Katharina Holtmann
Cover, Layout & Satz: Peter Liffers, Dortmund
Coverfoto: Helena Julian
Druck: tz Druckerei, Darmstadt
e-book-Herstellung: readbox, Dortmund

Liebe Bücherfreunde,
wir möchten schöne, gründlich recherchierte und gut geschriebene Bücher machen, die Spaß machen und praktischen Nutzen haben. Trotz aller Sorgfalt können sich manchmal Fehler einschleichen oder ändern sich Eintrittspreise und -zeiten schneller als wir reagieren können. Alle Angaben erfolgen daher ohne Gewähr; Autorin und Verlag übernehmen keine Haftung für inhaltliche Fehler. Aktualisierungen berücksichtigen wir aber gerne in der nächsten Auflage und freuen uns daher über entsprechende Hinweise, auch zu touristischen Angeboten für „Inferno-Reisende", die erst nach dem Erscheinen dieses Buches publik wurden.

Stand: Juli 2013
E-Mail: info@booksandfriends.de
Internet: www.booksandfriends.de
www.facebook.com/booksandfriends

1. Auflage Juli 2013
ISBN 978-3-9815335-5-2